Un chant de Noël

ŒUVRES PRINCIPALES

Esquisses de Boz, *1835*
Les aventures de M. Pickwick, *1835*
Oliver Twist, *1837-38*
Les aventures d'Oliver Twist, *1838*
Nicolas Nickleby, *1839*
Le magasin d'antiquités, *1840-41*
Un chant de Noël, *1843*
David Copperfield, *1849-50*
Les temps difficiles, *1854*
La petite Dorrit, *1857*
Un conte de deux villes, *1859*
Les grandes espérances, *1860-61*

Charles Dickens

Un chant de Noël

Traduit de l'anglais
par Mlle de Saint-Romain et M. de Goy
sous la direction de P. Lorain

Librio

Texte intégral

Titre original
A Christmas Carol

Tous droits réservés

PREMIER COUPLET

Le spectre de Marley

Marley était mort, pour commencer. Là-dessus, pas l'ombre d'un doute. Le registre mortuaire était signé par le ministre, le clerc, l'entrepreneur des pompes funèbres et celui qui avait mené le deuil. Scrooge l'avait signé, et le nom de Scrooge était bon à la Bourse, quel que fût le papier sur lequel il lui plût d'apposer sa signature.

Le vieux Marley était aussi mort qu'un clou de porte[1].

Attention ! je ne veux pas dire que je sache par moi-même ce qu'il y a de particulièrement mort dans un clou de porte. J'aurais pu, quant à moi, me sentir porté plutôt à regarder un clou de cercueil comme le morceau de fer le plus mort qui soit dans le commerce ; mais la sagesse de nos ancêtres éclate dans les similitudes, et mes mains profanes n'iront pas toucher l'arche sainte ; autrement le pays est perdu. Vous me permettrez donc de répéter avec énergie que Marley était aussi mort qu'un clou de porte.

Scrooge savait-il qu'il fût mort ? Sans contredit.

1. Locution proverbiale en Angleterre.

Comment aurait-il pu en être autrement ? Scrooge et lui étaient associés depuis je ne sais combien d'années. Scrooge était son seul exécuteur testamentaire, le seul administrateur de son bien, son seul ayant cause, son seul légataire universel, son unique ami, le seul qui eût suivi son convoi. Quoique, à dire vrai, il ne fût pas si terriblement bouleversé par ce triste événement, qu'il ne se montrât un habile homme d'affaires le jour même des funérailles et qu'il ne l'eût solennisé par un marché des plus avantageux.

La mention des funérailles de Marley me ramène à mon point de départ. Il n'y a pas de doute que Marley était mort : ceci doit être parfaitement compris, autrement l'histoire que je vais raconter ne pourrait rien avoir de merveilleux. Si nous n'étions bien convaincus que le père de Hamlet est mort, avant que la pièce commence, il n'y aurait rien de plus remarquable à le voir rôder la nuit, par un vent d'est, sur les remparts de sa ville, qu'à voir tout autre monsieur d'un âge mûr se promener mal à propos au milieu des ténèbres, dans un lieu rafraîchi par la brise, comme serait, par exemple, le cimetière de Saint-Paul, simplement pour frapper d'étonnement l'esprit faible de son fils.

Scrooge n'effaça jamais le nom du vieux Marley. Il était encore inscrit, plusieurs années après, au-dessus de la porte du magasin : *Scrooge et Marley*. La maison de commerce était connue sous la raison Scrooge et Marley. Quelquefois des gens peu au courant des affaires l'appelaient Scrooge-Scrooge, quelquefois Marley tout court ; mais il répondait également à l'un et à l'autre nom ; pour lui c'était tout un.

Oh ! il tenait bien le poing fermé sur la meule, le bonhomme Scrooge ! Le vieux pécheur était un avare qui savait saisir fortement, arracher, tordre, pressurer, gratter, ne point lâcher surtout ! Dur et tranchant comme une pierre à fusil dont jamais l'acier n'a fait jaillir une étincelle généreuse, secret, renfermé en lui-même et solitaire comme une huître. Le froid qui était au-dedans de lui gelait son vieux visage, pinçait son nez pointu, ridait sa joue, rendait sa démarche roide et ses yeux rouges, bleuissait ses lèvres minces et se manifestait au-dehors par le son aigre de sa voix. Une gelée blanche recouvrait constamment sa tête, ses sourcils et son menton fin et nerveux. Il portait toujours et partout avec lui sa température au-dessous de zéro ; il glaçait son bureau aux jours caniculaires et ne le dégelait pas d'un degré à Noël.

La chaleur et le froid extérieurs avaient peu d'influence sur Scrooge. Les ardeurs de l'été ne pouvaient le réchauffer, et l'hiver le plus rigoureux ne parvenait pas à le refroidir. Aucun souffle de vent n'était plus âpre que lui. Jamais neige en tombant n'alla plus droit à son but, jamais pluie battante ne fut plus inexorable. Le mauvais temps ne savait par où trouver prise sur lui ; les plus fortes averses, la neige, la grêle, les giboulées ne pouvaient se vanter d'avoir sur lui qu'un avantage : elles tombaient souvent « avec *profusion* ». Scrooge ne connut jamais ce mot.

Personne ne l'arrêta jamais dans la rue pour lui dire d'un air satisfait : « Mon cher Scrooge, comment vous portez-vous ? quand viendrez-vous me voir ? » Aucun mendiant n'implorait de lui le plus léger secours, aucun enfant ne lui demandait l'heure. On ne vit jamais personne, soit homme, soit femme, prier Scrooge, une seule fois dans toute sa vie, de lui indiquer le chemin de tel ou tel endroit. Les chiens d'aveugle eux-mêmes semblaient le connaître, et, quand ils le voyaient venir, ils entraînaient leurs maîtres sous les portes cochères et dans les ruelles, puis remuaient la queue comme pour dire : « Mon pauvre maître aveugle, mieux vaut pas d'œil du tout qu'un mauvais œil ! »

Mais qu'importait à Scrooge ? C'était là précisément ce qu'il voulait. Se faire un chemin solitaire le long des grands chemins de la vie fréquentés par la foule, en avertissant les passants par un écriteau qu'ils eussent à se tenir à distance, c'était pour Scrooge du vrai *nanan*, comme disent les petits gourmands.

Un jour, le meilleur de tous les bons jours de l'année, la veille de Noël, le vieux Scrooge était assis, fort occupé, dans son comptoir. Il faisait un froid vif et perçant, le temps était brumeux ; Scrooge pouvait entendre les gens aller et venir dehors dans la ruelle, soufflant dans leurs doigts, respirant avec bruit, se frappant la poitrine avec les mains et tapant des pieds sur le trottoir pour les réchauffer. Trois heures seulement venaient de sonner aux horloges de la Cité, et cependant il était déjà presque nuit. Il n'avait pas fait clair de tout le jour, et les lumières qui paraissaient derrière les fenêtres des comptoirs voisins ressemblaient à des taches de graisse rougeâtres qui s'étalaient sur le fond noirâtre d'un air épais et en quelque sorte palpable. Le brouillard pénétrait dans l'intérieur des maisons par toutes les fentes et les trous de serrure ; au-dehors il était si dense que, quoique la rue fût des plus étroites, les maisons en face ne paraissaient plus que comme des fantômes. A voir les nuages sombres s'abaisser de plus en plus et répandre sur tous les objets une obscurité profonde, on aurait pu croire que la nature était venue s'établir tout près de là pour y exploiter une brasserie montée sur une vaste échelle.

La porte du comptoir de Scrooge demeurait ouverte, afin qu'il pût avoir l'œil sur son commis qui se tenait un peu plus loin, dans une petite cellule grise, sorte de citerne sombre, occupé à copier des lettres. Scrooge avait un très petit feu, mais celui du commis était beaucoup plus petit encore : on aurait dit qu'il n'y avait qu'un seul morceau de charbon. Il ne pouvait l'augmenter, car Scrooge gardait la boîte à charbon dans sa chambre, et toutes les fois que le malheureux entrait avec la pelle, son patron ne manquait pas de lui déclarer qu'il serait forcé de le quitter. C'est pourquoi le commis mettait son cache-nez blanc et essayait de se réchauffer à la chandelle ; mais comme ce n'était pas un homme de grande imaginative, ses efforts demeuraient superflus.

«Je vous souhaite un gai Noël, mon oncle, et que Dieu vous garde !» cria une voix joyeuse. C'était la voix du neveu de Scrooge, qui était venu le surprendre si vivement qu'il n'avait pas eu le temps de le voir.

« Bah ! dit Scrooge, sottise ! »

Il s'était tellement échauffé dans sa marche rapide par ce temps de brouillard et de gelée, le neveu de Scrooge, qu'il en était tout en feu ; son visage était rouge comme une cerise, ses yeux étincelaient, et la vapeur de son haleine était encore toute fumante.

«Noël, une sottise, mon oncle ! dit le neveu de Scrooge ; ce n'est pas là ce que vous voulez dire sans doute ?

— Si fait, répondit Scrooge. Un gai Noël ! Quel droit avez-vous d'être gai ? Quelle raison auriez-vous de vous livrer à des gaietés ruineuses ? Vous êtes déjà bien assez pauvre !

— Allons, allons ! reprit gaiement le neveu, quel droit avez-vous d'être triste ? Quelle raison avez-vous de vous livrer à vos chiffres moroses ? Vous êtes déjà bien assez riche !

— Bah !» dit encore Scrooge qui, pour le moment,

n'avait pas une meilleure réponse prête ; et son bah ! fut suivi de l'autre mot : sottise !

« Ne soyez pas de mauvaise humeur, mon oncle, fit le neveu.

— Et comment ne pas l'être, repartit l'oncle, lorsqu'on vit dans un monde de fous tel que celui-ci ? Un gai Noël ! Au diable vos gais Noëls ! Qu'est-ce que Noël, si ce n'est une époque pour payer l'échéance de vos billets, souvent sans avoir d'argent ? un jour où vous vous trouvez plus vieux d'une année et pas plus riche d'une heure ? un jour où, la balance de vos livres établie, vous reconnaissez, après douze mois écoulés, que chacun des articles qui s'y trouvent mentionnés vous a laissé sans le moindre profit ? Si je pouvais en faire à ma tête, continua Scrooge d'un ton indigné, tout imbécile qui court les rues avec un gai Noël sur les lèvres serait mis à bouillir dans la marmite avec son propre pouding et enterré avec une branche de houx au travers du cœur. C'est comme ça.

— Mon oncle ! dit le neveu, voulant se faire l'avocat de Noël.

— Mon neveu ! reprit l'oncle sévèrement, fêtez Noël à votre façon, et laissez-moi le fêter à la mienne.

— Fêter Noël ! répéta le neveu de Scrooge ; mais vous ne le fêtez pas, mon oncle.

— Alors laissez-moi ne pas le fêter. Grand bien puisse-t-il vous faire ! Avec cela qu'il vous a toujours fait grand bien !

— Il y a quantité de choses, je l'avoue, dont j'aurais pu retirer quelque bien, sans en avoir profité néanmoins, répondit le neveu ; Noël entre autres. Mais au moins ai-je toujours regardé le jour de Noël quand il est revenu (mettant de côté le respect dû à son nom sacré et à sa divine origine, si on peut les mettre de côté en songeant à Noël) comme un beau jour, un jour de bienveillance, de pardon, de charité, de plaisir, le seul, dans le long calendrier de l'année, où je sache que tous, hommes et femmes, semblent, par un consentement unanime, ouvrir librement les secrets de leurs cœurs et voir dans les gens au-dessous d'eux de vrais compagnons de voyage sur le chemin du tombeau, et non pas une autre race de créatures marchant vers un autre but. C'est pourquoi, mon oncle, quoiqu'il n'ait jamais mis dans ma poche la moindre pièce d'or ou d'argent, je crois que Noël m'a fait vraiment du bien et qu'il m'en fera encore ; aussi je répète : Vive Noël ! »

Le commis dans sa citerne applaudit involontairement ; mais, s'apercevant à l'instant même qu'il venait de commettre une inconvenance, il voulut attiser le feu et ne fit qu'en éteindre pour toujours la dernière apparence d'étincelle.

« Que j'entende encore le moindre bruit de votre côté, dit Scrooge, et vous fêterez votre Noël en perdant votre place. Quant à vous, monsieur, ajouta-t-il en se tournant vers son neveu, vous êtes en vérité un orateur distingué. Je m'étonne que vous n'entriez pas au Parlement.

— Ne vous fâchez pas, mon oncle. Allons, venez dîner demain chez nous. »

Scrooge dit qu'il voudrait le voir au... oui, en vérité, il le dit. Il prononça le mot tout entier, et dit qu'il aimerait mieux le voir au d... (Le lecteur finira le mot si cela lui plaît.)

« Mais pourquoi ? s'écria son neveu... Pourquoi ?

— Pourquoi vous êtes-vous marié ? demanda Scrooge.

— Parce que j'étais amoureux.

— Parce que vous étiez amoureux ! grommela Scrooge, comme si c'était la plus grosse sottise du monde après le gai Noël. Bonsoir !

— Mais, mon oncle, vous ne veniez jamais me voir

avant mon mariage. Pourquoi vous en faire un prétexte pour ne pas venir maintenant ?

— Bonsoir, dit Scrooge.

— Je ne désire rien de vous ; je ne vous demande rien. Pourquoi ne serions-nous pas amis ?

— Bonsoir, dit Scrooge.

— Je suis peiné, bien sincèrement peiné de vous voir si résolu. Nous n'avons jamais eu rien l'un contre l'autre, au moins de mon côté. Mais j'ai fait cette tentative pour honorer Noël, et je garderai ma bonne humeur de Noël jusqu'au bout. Ainsi, un gai Noël, mon oncle !

— Bonsoir, dit Scrooge.

— Et je vous souhaite aussi la bonne année !

— Bonsoir », dit Scrooge.

Son neveu quitta la chambre sans dire seulement un mot de mécontentement. Il s'arrêta à la porte d'entrée pour faire ses souhaits de bonne année au commis qui, bien que gelé, était néanmoins plus chaud que Scrooge, car il les lui rendit cordialement.

« Voilà un autre fou, murmura Scrooge, qui l'entendit de sa place : mon commis, avec quinze schillings par semaine, une femme et des enfants, parlant d'un gai Noël. Il y a de quoi se retirer aux petites maisons. »

Ce fou fieffé donc, en allant reconduire le neveu de Scrooge, avait introduit deux autres personnes. C'étaient deux messieurs de bonne mine, d'une figure avenante, qui se tenaient en ce moment, chapeau bas, dans le bureau de Scrooge. Ils avaient à la main des registres et des papiers, et le saluèrent.

« Scrooge et Marley, je crois ? dit l'un d'eux en consultant sa liste. Est-ce à M. Scrooge ou à M. Marley que j'ai le plaisir de parler ?

— M. Marley est mort depuis sept ans, répondit

Scrooge. Il y a juste sept ans qu'il est mort, cette nuit même.

— Nous ne doutons pas que sa générosité ne soit bien représentée par son associé survivant», dit l'étranger en présentant ses pouvoirs pour quêter.

Elle l'était certainement ; car les deux associés se ressemblaient comme deux gouttes d'eau. Au mot fâcheux de générosité, Scrooge fronça le sourcil, hocha la tête et rendit au visiteur ses certificats.

«A cette époque joyeuse de l'année, monsieur Scrooge, dit celui-ci en prenant une plume, il est plus désirable encore que d'habitude que nous puissions recueillir un léger secours pour les pauvres et les indigents qui souffrent énormément dans la saison où nous sommes. Il y en a des milliers qui manquent du plus strict nécessaire, et des centaines de mille qui n'ont pas à se donner le plus léger bien-être.

— N'y a-t-il pas des prisons ? demanda Scrooge.

— Oh ! en très grand nombre, dit l'étranger laissant retomber sa plume.

— Et les maisons de refuge, continua Scrooge, ne sont-elles plus en activité ?

— Pardon, monsieur, répondit l'autre ; et plût à Dieu qu'elles ne le fussent pas !

— Le moulin de discipline et la loi des pauvres sont toujours en pleine vigueur, alors ? dit Scrooge.

— Toujours ; et ils ont fort à faire tous les deux.

— Oh ! j'avais craint, d'après ce que vous me disiez d'abord, que quelque circonstance imprévue ne fût venue entraver la marche de ces utiles institutions. Je suis vraiment ravi d'apprendre le contraire, fit Scrooge.

— Persuadés qu'elles ne peuvent guère fournir une satisfaction chrétienne du corps et de l'âme à la multitude, quelques-uns d'entre nous s'efforcent de réunir une petite somme pour acheter aux pauvres un peu de viande et de bière, avec du charbon pour se chauffer. Nous choisissons cette époque, parce que c'est, de toute l'année, le temps où le besoin se fait le plus vivement sentir, et où l'abondance fait le plus de plaisir. Pour combien vous inscrirai-je ?

— Pour rien ! répondit Scrooge.

— Vous désirez garder l'anonymat ?

— Je désire qu'on me laisse en repos. Puisque vous me demandez ce que je désire, messieurs, voilà ma réponse. Je ne me réjouis pas moi-même à Noël, et je ne puis fournir aux paresseux les moyens de se réjouir. J'aide à soutenir les établissements dont je vous parlais tout à l'heure ; ils coûtent assez cher : ceux qui ne se trouvent pas bien ailleurs n'ont qu'à y aller.

— Il y en a beaucoup qui ne le peuvent pas, et beaucoup d'autres qui aimeraient mieux mourir.

— S'ils aiment mieux mourir, reprit Scrooge, ils feraient très bien de suivre cette idée et de diminuer l'excédent de la population. Au reste, excusez-moi ; je ne connais pas tout ça.

— Mais il vous serait facile de le connaître, observa l'étranger.

— Ce n'est pas ma besogne, répliqua Scrooge. Un homme a bien assez de faire ses propres affaires, sans se mêler de celles des autres. Les miennes prennent tout mon temps. Bonsoir, messieurs. »

Voyant clairement qu'il serait inutile de poursuivre leur requête, les deux étrangers se retirèrent. Scrooge se remit au travail, de plus en plus content de lui, et d'une humeur plus enjouée qu'à son ordinaire.

Cependant le brouillard et l'obscurité s'épaississaient tellement, que l'on voyait des gens courir çà et là par les rues avec des torches allumées, offrant leurs services aux cochers pour marcher devant les chevaux et les guider dans leur chemin. L'antique tour d'une église, dont la vieille cloche renfrognée avait toujours l'air de regarder Scrooge curieusement à son bureau par une fenêtre gothique pratiquée dans le mur, devint invisible et sonna les heures, les demies et les quarts dans les nuages, avec des vibrations tremblantes et prolongées, comme si ses dents eussent claqué là-haut dans sa tête gelée. Le froid devint intense dans la rue même. Au coin de la cour, quelques ouvriers, occupés à réparer les conduits du gaz, avaient allumé un énorme brasier, autour duquel se pressait une foule d'hommes et d'enfants déguenillés, se chauffant les mains et clignant les yeux devant la flamme avec un air de ravissement. Le robinet de la fontaine était délaissé et les eaux refoulées qui s'étaient congelées tout autour de lui formaient comme un cadre de glace misanthropique, qui faisait horreur à voir.

Les lumières brillantes des magasins, où les branches et les baies de houx pétillaient à la chaleur des becs de gaz placés derrière les fenêtres, jetaient sur les visages pâles des passants un reflet rougeâtre. Les boutiques de marchands de volailles et d'épiciers étaient devenues comme un décor splendide, un glorieux spectacle, qui ne permettait pas de croire que la vulgaire pensée de négoce et de trafic eût rien à démêler avec ce luxe inusité. Le lord-maire, dans sa puissante forteresse de Mansion-House, donnait ses ordres à ses cinquante cuisiniers et à ses cinquante sommeliers pour fêter Noël, comme doit le faire la maison d'un lord-maire; et même le petit tailleur qu'il avait condamné, le lundi précédent, à une amende de cinq schillings pour s'être laissé arrêter dans les rues ivre et faisant un tapage infernal, préparait tout dans son galetas pour le pouding du lendemain, tandis que sa maigre moitié sortait, avec son maigre nourrisson dans les bras, pour aller acheter à la boucherie le morceau de bœuf indispensable.

Cependant le brouillard redouble, le froid redouble ! un froid vif, âpre, pénétrant. Si le bon saint Dunstan avait seulement pincé le nez du diable avec un temps pareil, au lieu de se servir de ses armes familières, c'est pour le coup que le malin esprit n'aurait pas manqué de pousser des hurlements. Le propriétaire d'un jeune nez, petit, rongé, mâché par le froid affamé, comme les os sont rongés par les chiens, se baissa devant le trou de la serrure de Scrooge pour le régaler d'un chant de Noël ; mais au premier mot de

> Dieu vous aide, mon gai monsieur !
> Que rien ne trouble votre cœur !

Scrooge saisit sa règle, avec un geste si énergique que le chanteur s'enfuit épouvanté, abandonnant le trou de la serrure au brouillard et aux frimas qui semblèrent s'y précipiter vers Scrooge par sympathie.

Enfin l'heure de fermer le comptoir arriva. Scrooge descendit de son tabouret d'un air bourru, paraissant donner ainsi le signal tacite du départ au commis qui attendait dans la citerne et qui, éteignant aussitôt sa chandelle, mit son chapeau sur sa tête.

« Vous voudriez avoir toute la journée de demain, je suppose ? dit Scrooge.

— Si cela vous convenait, monsieur.

— Cela ne me convient nullement, et ce n'est point juste. Si je vous retenais une demi-couronne pour ce jour-là, vous vous croiriez lésé, j'en suis sûr. »

Le commis sourit légèrement.

« Et cependant, dit Scrooge, vous ne me regardez pas comme lésé, moi, si je vous paye une journée pour ne rien faire. »

Le commis observa que cela n'arrivait qu'une fois l'an.

« Pauvre excuse pour mettre la main dans la poche d'un homme tous les 25 décembre, dit Scrooge en boutonnant sa redingote jusqu'au menton. Mais je suppose qu'il vous faut la journée tout entière : tâchez au moins de m'en dédommager en venant de bonne heure après-demain matin. »

Le commis le promit et Scrooge sortit en grommelant. Le comptoir fut fermé en un clin d'œil, et le commis, les deux bouts de son cache-nez blanc pendant jusqu'au bas de sa veste (car il n'élevait pas ses prétentions jusqu'à porter une redingote), se mit à glisser une vingtaine de fois sur le trottoir de Cornhill, à la suite d'une bande de gamins, en l'honneur de la veille de Noël, et, se dirigeant ensuite vers sa demeure à Camden-Town, il y arriva toujours courant de toutes ses forces pour jouer à colin-maillard.

Scrooge prit son triste dîner dans la triste taverne où il mangeait d'ordinaire. Ayant lu tous les journaux et charmé le reste de la soirée en parcourant son livre de comptes, il alla chez lui pour se coucher. Il habitait un appartement occupé autrefois par feu son associé. C'était une enfilade de chambres obscures qui faisaient partie d'un vieux bâtiment sombre, situé à l'extrémité d'une ruelle où il avait si peu de raisons d'être, qu'on ne pouvait s'empêcher de croire qu'il était venu se blottir là, un jour que, dans sa jeunesse, il jouait à cache-cache avec d'autres maisons et ne s'était plus ensuite souvenu de son chemin. Il était alors assez vieux et assez triste, car personne n'y habitait, excepté Scrooge, tous les autres appartement étant loués pour servir de comptoirs ou de bureaux. La cour était si obscure que Scrooge lui-même, quoiqu'il en connût parfaitement chaque pavé, fut obligé de tâtonner avec les mains. Le brouillard et les frimas enveloppaient tellement la vieille porte sombre de la maison, qu'il semblait que le génie de l'hiver se tînt assis sur le seuil, absorbé dans ses tristes méditations.

Le fait est qu'il n'y avait absolument rien de particulier dans le marteau de la porte, sinon qu'il était trop gros ; le fait est encore que Scrooge l'avait vu soir et matin, chaque jour, depuis qu'il demeurait en ce lieu ; qu'en outre Scrooge possédait aussi peu de ce qu'on appelle imagination qu'aucun habitant de la Cité de Londres, y compris même, je crains d'être un peu téméraire, la corporation, les aldermen et les notables. Il faut bien aussi se mettre dans l'esprit que Scrooge n'avait pas pensé une seule fois à Marley, depuis qu'il avait, cette après-midi même, fait mention de la mort de son ancien associé, laquelle remontait à sept ans. Qu'on m'explique alors, si on le peut, comment il se fit que Scrooge, au moment où il mit la clef dans la serrure, vit dans le marteau, sans avoir prononcé de paroles magiques pour le transformer, non plus un marteau, mais la figure de Marley.

Oui, vraiment, la figure de Marley ! Ce n'était pas une ombre impénétrable comme les autres objets de la cour, elle paraissait au contraire entourée d'une lueur sinistre, semblable à un homard avarié dans une cave obscure. Son expression n'avait rien qui rappelât la colère ou la férocité, mais elle regardait Scrooge comme Marley avait coutume de le faire, avec des lunettes de spectre relevées sur son front de revenant. La chevelure était curieusement soulevée comme par un souffle ou une vapeur chaude, et, quoique les yeux fussent tout grands ouverts, ils demeuraient parfaitement immobiles. Cette circonstance et sa couleur livide la rendaient horrible ; mais l'horreur qu'éprouvait Scrooge à sa vue ne semblait pas du fait de la figure, elle venait plutôt de lui-même et ne tenait pas à l'expression de la physionomie du défunt. Lorsqu'il eut considéré fixement ce phénomène, il n'y trouva plus qu'un marteau.

Dire qu'il ne tressaillit pas ou que son sang ne ressentit point une impression terrible à laquelle il avait été étranger depuis son enfance, serait un mensonge. Mais il mit la main sur la clef qu'il avait lâchée d'abord, la tourna brusquement, entra et alluma sa chandelle.

Il s'arrêta, un moment irrésolu, avant de fermer la porte, et commença par regarder avec précaution derrière elle, comme s'il se fût presque attendu à être épouvanté par la vue de la queue effilée de Marley s'avançant jusque dans le vestibule. Mais il n'y avait rien derrière la porte, excepté les écrous et les vis qui y fixaient le marteau ; ce que voyant, il dit : « Bah ! bah ! » en la poussant avec violence.

Le bruit résonna dans toute la maison comme un tonnerre. Chaque chambre au-dessus, chaque futaille au-dessous, dans la cave du marchand de vin, semblait rendre un son particulier pour faire sa partie dans ce concert d'échos. Scrooge n'était pas homme à se laisser effrayer par des échos. Il ferma solidement la porte, traversa le vestibule et monta l'escalier, prenant le temps d'ajuster sa chandelle chemin faisant.

Vous parlez des bons vieux escaliers d'autrefois par où l'on aurait fait monter facilement un carrosse à six chevaux ; mais moi, je vous dis que celui de Scrooge était bien autre chose ; vous auriez pu y faire monter un corbillard, en le prenant dans sa plus grande largeur, la barre d'appui contre le mur, et la portière du côté de la rampe, et c'eût été chose facile : il y avait bien assez de place pour cela et plus encore qu'il n'en fallait. Voilà peut-être pourquoi Scrooge crut voir marcher devant lui, dans l'obscurité, un convoi funèbre. Une demi-douzaine des becs de gaz de la rue auraient eu peine à éclairer suffisamment le vestibule ; vous pouvez donc supposer qu'il y faisait joliment sombre avec la chandelle de Scrooge.

Il montait toujours, ne s'en souciant pas plus que de rien du tout. L'obscurité ne coûte pas cher, c'est pour cela que Scrooge ne la détestait pas. Mais avant de fermer sa lourde porte, il parcourut les pièces de son appartement pour voir si tout était en ordre. C'était peut-être un souvenir inquiet de la mystérieuse figure qui lui trottait dans la tête.

Le salon, la chambre à coucher, la chambre de débarras, tout se trouvait en ordre. Personne sous la table, personne sous le sofa ; un petit feu dans la grille ; la cuiller et la tasse prêtes ; et sur le feu la petite casserole d'eau de gruau (car Scrooge avait un rhume de cerveau). Personne sous son lit, personne dans le cabinet, personne dans sa robe de chambre suspendue contre la muraille dans une attitude suspecte. La chambre de débarras comme d'habitude : un vieux garde-feu, de vieilles savates, deux paniers à poisson, un lavabo sur trois pieds et un fourgon.

Parfaitement rassuré, Scrooge tira sa porte et s'enferma à double tour, ce qui n'était point son habitude. Ainsi garanti de toute surprise, il ôta sa cravate, mit sa robe de chambre, ses pantoufles et son bonnet de nuit, et s'assit devant le feu pour prendre son gruau.

C'était, en vérité, un très petit feu, autant dire rien pour une nuit si froide. Il fut obligé de s'asseoir tout près et de le couver en quelque sorte, avant de pouvoir extraire la moindre sensation de chaleur d'un feu si mesquin qu'il aurait tenu dans la main. Le foyer ancien avait été construit, il y a longtemps, par quelque marchand hollandais, et garni tout autour de plaques flamandes sur lesquelles on avait représenté des scènes de l'Ecriture. Il y avait des Caïn et des

Abel, des filles de Pharaon, des reines de Saba, des messagers angéliques descendant au travers des airs sur des nuages semblables à des lits de plume, des Abraham, des Balthazar, des apôtres s'embarquant dans des bateaux en forme de saucière, des centaines de figures capables de distraire sa pensée ; et cependant, ce visage de Marley, mort depuis sept ans, venait, comme la baguette de l'ancien prophète, absorber tout le reste. Si chacune de ces plaques vernies eût commencé par être un cadre vide avec le pouvoir de représenter sur sa surface unie quelques formes composées des fragments épars des pensées de Scrooge, chaque carreau aurait offert une copie de la tête du vieux Marley.

« Sottise ! » dit Scrooge ; et il se mit à marcher dans la chambre de long en large.

Après plusieurs tours, il se rassit. Comme il se renversait la tête dans son fauteuil, son regard s'arrêta par hasard sur une sonnette hors de service suspendue dans la chambre et qui, pour quelque dessein depuis longtemps oublié, communiquait avec une pièce située au dernier étage de la maison. Ce fut avec une extrême surprise, avec une terreur étrange, inexplicable, qu'au moment où il la regardait, il vit cette sonnette commencer à se mettre en mouvement. Elle s'agita d'abord si doucement, qu'à peine rendit-elle un son ; mais bientôt elle sonna à double carillon, et toutes les autres sonnettes de la maison se mirent de la partie.

Cela ne dura peut-être qu'une demi-minute ou une minute au plus, mais cette minute pour Scrooge fut aussi longue qu'une heure. Les sonnettes s'arrêtèrent comme elles avaient commencé, toutes en même temps. Leur bruit fut remplacé par un choc de ferrailles venant de profondeurs souterraines, comme si quelqu'un traînait une lourde chaîne sur les tonneaux dans la cave du marchand de vin. Scrooge se souvint alors d'avoir ouï dire que, dans les maisons hantées par les revenants, ils traînaient toujours des chaînes après eux.

La porte de la cave s'ouvrit avec un horrible fracas, et alors il entendit le bruit devenir beaucoup plus fort au rez-de-chaussée, puis monter l'escalier, et enfin s'avancer directement vers sa porte.

« Sottise encore que tout cela ! dit Scrooge ; je ne veux pas y croire. »

Il changea cependant de couleur, lorsque, sans le moindre temps d'arrêt, le spectre traversa la porte massive et, pénétrant dans la chambre, passa devant ses yeux. Au moment où il entrait, la flamme mourante se releva comme pour crier : « Je le reconnais ! c'est le spectre de Marley ! » puis elle retomba.

Le même visage, absolument le même. Marley avec sa queue effilée, son gilet ordinaire, ses pantalons collants et ses bottes dont les glands de soie se balançaient en mesure avec sa queue, les pans de son habit et son toupet. La chaîne qu'il traînait était passée autour de sa ceinture ; elle était longue, tournait autour de lui comme une queue, et était faite (car Scrooge la considéra de près) de coffres-forts, de clefs, de cadenas, de grands livres, de paperasses et de bourses pesantes en acier. Son corps était transparent, si bien que Scrooge, en l'observant et regardant à travers son gilet, pouvait voir les deux boutons cousus par derrière à la taille de son habit.

Scrooge avait souvent entendu dire que Marley n'avait pas d'entrailles, mais il ne l'avait jamais cru jusqu'alors.

Non, et même il ne le croyait pas encore. Quoique son regard pût traverser le fantôme d'outre en outre, quoiqu'il le vît là debout devant lui, quoiqu'il sentît l'influence glaciale de ses yeux glacés par la mort, quoiqu'il remarquât jusqu'au tissu du foulard plié qui lui couvrait la tête, en passant sous son menton, et auquel il n'avait point pris garde auparavant, il refusait encore de croire et luttait contre le témoignage de ses sens.

« Que veut dire ceci ? fit Scrooge caustique et froid comme toujours. Que désirez-vous de moi ?
— Beaucoup de choses ! »
C'est la voix de Marley, plus de doute à cet égard.
« Qui êtes-vous ?
— Demandez-moi qui j'étais !
— Qui étiez-vous alors ? dit Scrooge élevant la voix. Vous êtes bien puriste... pour une ombre.
— De mon vivant j'étais votre associé, Jacob Marley.
— Pouvez-vous... pouvez-vous vous asseoir ? demanda Scrooge en le regardant d'un air de doute.
— Je le puis.
— Alors faites-le. »
Scrooge fit cette question parce qu'il ne savait pas si un spectre aussi transparent pourrait se trouver dans la condition voulue pour prendre un siège, et il sentait que, si par hasard la chose était impossible, il le réduirait à la nécessité d'une explication embarrassante. Mais le fantôme s'assit vis-à-vis de lui, de l'autre côté de la cheminée, comme s'il ne faisait que cela toute la journée.

« Vous ne croyez pas en moi ? observa le spectre.
— Non, dit Scrooge.
— Quelle preuve de ma réalité voudriez-vous avoir, outre le témoignage de vos sens ?
— Je ne sais trop, répondit Scrooge.
— Pourquoi doutez-vous de vos sens ?
— Parce que, fit Scrooge, la moindre chose suffit pour les affecter. Il suffit d'un léger dérangement dans l'estomac pour les rendre trompeurs ; et vous

pourriez bien n'être au bout du compte qu'une tranche de bœuf mal digérée, une demi-cuillerée de moutarde, un morceau de fromage, un fragment de pomme de terre mal cuite. Qui que vous soyez, pour un mort vous sentez plus la cave que le caveau. »

Scrooge n'était pas trop dans l'habitude de faire des calembours, et il se sentait alors réellement, au fond du cœur, fort peu disposé à faire le plaisant. La vérité est qu'il essayait ce badinage comme un moyen de faire diversion à ses pensées et de surmonter son effroi, car la voix du spectre le faisait frissonner jusque dans la moelle des os.

Demeurer assis, même pour un moment, ses regards arrêtés sur ces yeux fixes, vitreux, c'était là, Scrooge le sentait bien, une épreuve diabolique. Il y avait aussi quelque chose de vraiment terrible dans cette atmosphère infernale dont le spectre était environné. Scrooge ne pouvait la sentir lui-même, mais elle n'était pas moins réelle ; car, quoique le spectre restât assis, parfaitement immobile, ses cheveux, les basques de son habit, les glands de ses bottes étaient encore agités comme par la vapeur chaude qui s'exhale d'un four.

« Voyez-vous ce cure-dents ? dit Scrooge retournant vivement à la charge, pour donner le change à sa frayeur, et désirant, ne fût-ce que pour une seconde, détourner de lui le regard du spectre, froid comme un marbre.

— Oui, répondit le fantôme.

— Mais vous ne le regardez seulement pas, dit Scrooge.

— Cela ne m'empêche pas de le voir, dit le spectre.

— Eh bien ! reprit Scrooge, je n'ai qu'à l'avaler, et le reste de mes jours je serai persécuté par une légion de lutins, tous de ma propre création. Sottise, je vous dis... sottise ! »

A ce mot, le spectre poussa un cri effrayant et secoua sa chaîne avec un bruit si lugubre et si épouvantable, que Scrooge se cramponna à sa chaise pour s'empêcher de tomber en défaillance. Mais combien redoubla son horreur lorsque le fantôme, ôtant le bandage qui entourait sa tête, comme s'il était trop chaud pour le garder dans l'intérieur de l'appartement, laissa sa mâchoire inférieure retomber sur sa poitrine.

Scrooge tomba à genoux et se cacha le visage dans ses mains.

« Miséricorde ! s'écria-t-il. Epouvantable apparition !... pourquoi venez-vous me tourmentez ?

— Ame mondaine et terrestre ! répliqua le spectre ; croyez-vous en moi ou n'y croyez-vous pas ?

— J'y crois, dit Scrooge ; il le faut bien. Mais pourquoi les esprits se promènent-ils sur terre, et pourquoi viennent-ils me trouver ?

— C'est une obligation de chaque homme, répondit le spectre, que son âme renfermée au-dedans de lui se mêle à ses semblables et voyage de tous côtés ; si elle ne le fait pendant la vie, elle est condamnée à le faire après la mort. Elle est obligée d'errer par le monde... (oh ! malheureux que je suis !)... et doit être témoin inutile de choses dont il ne lui est plus possible de prendre sa part, quand elle aurait pu en jouir avec les autres sur la terre pour les faire servir à son bonheur ! »

Le spectre poussa encore un cri, secoua sa chaîne et tordit ses mains fantastiques.

« Vous êtes enchaîné ? dit Scrooge tremblant ; dites-moi pourquoi.

— Je porte la chaîne que j'ai forgée pendant ma vie, répondit le fantôme. C'est moi qui l'ai faite anneau par anneau, mètre par mètre ; c'est moi qui l'ai suspendue autour de mon corps, librement et de ma propre volonté, comme je la porterai toujours de mon plein gré. Est-ce que le modèle vous en paraît étrange ? »

Scrooge tremblait de plus en plus.

« Ou bien voudriez-vous savoir, poursuivit le spectre, le poids et la longueur du câble énorme que vous traînez vous-même ? Il était exactement aussi long et aussi pesant que cette chaîne que vous voyez, il y a aujourd'hui sept veilles de Noël. Vous y avez travaillé depuis. C'est une bonne chaîne à présent ! »

Scrooge regarda autour de lui sur le plancher, s'attendant à se trouver lui-même entouré de quelque cinquante ou soixante brasses de câbles de fer ; mais il ne vit rien.

« Jacob, dit-il d'un ton suppliant, mon vieux Jacob Marley, parlez-moi encore. Adressez-moi quelques paroles de consolation, Jacob.

— Je n'ai pas de consolation à donner, reprit le spectre. Les consolations viennent d'ailleurs, Ebenezer Scrooge ; elles sont apportées par d'autres ministres à d'autres espèces d'hommes que vous. Je ne puis non plus vous dire tout ce que je voudrais. Je n'ai plus que très peu de temps à ma disposition. Je ne puis me reposer, je ne puis m'arrêter, je ne puis séjourner nulle part. Mon esprit ne s'écarta jamais guère au-delà de notre comptoir ; vous savez, pendant ma vie, mon esprit ne dépassa jamais les étroites limites de notre bureau de change ; et voilà pourquoi, maintenant, il me reste à faire tant de pénibles voyages. »

C'était chez Scrooge une habitude de fourrer les mains dans les goussets de son pantalon toutes les fois qu'il devenait pensif. Réfléchissant à ce qu'avait dit le fantôme, il prit la même attitude, mais sans lever les yeux et toujours agenouillé.

« Il faut donc que vous soyez bien en retard,

Jacob, observa Scrooge en véritable homme d'affaires, quoique avec humilité et déférence.

— En retard! répéta le spectre.

— Mort depuis sept ans, rumina Scrooge, et en route tout ce temps-là.

— Tout ce temps-là, dit le spectre... ni trêve ni repos, l'incessante torture du remords.

— Vous voyagez vite? demanda Scrooge.

— Sur les ailes du vent, répliqua le fantôme.

— Vous devez avoir vu bien du pays en sept ans », reprit Scrooge.

Le spectre, entendant ces paroles, poussa un troisième cri, et produisit avec sa chaîne un cliquetis si horrible dans le morne silence de la nuit, que le guet aurait eu toutes les raisons du monde de le traduire en justice pour cause de tapage nocturne.

«Oh! captif, enchaîné, chargé de fers! s'écria-t-il, pour avoir oublié que chaque homme doit s'associer, pour sa part, au grand travail de l'humanité, prescrit par l'Etre suprême, et en perpétuer le progrès, car cette terre doit passer dans l'éternité avant que le bien dont elle est susceptible soit entièrement développé: pour avoir oublié que l'immensité de nos regrets ne pourra pas compenser les occasions manquées dans notre vie! et cependant c'est ce que j'ai fait: oh! oui, malheureusement, c'est ce que j'ai fait!

— Cependant, vous fûtes toujours un homme exact, habile en affaires, Jacob, balbutia Scrooge qui commençait en ce moment à faire un retour sur lui-même.

— Les affaires! s'écria le fantôme en se tordant de nouveau les mains. C'est l'humanité qui était mon affaire; c'est le bien général qui était mon affaire; c'est la charité, la miséricorde, la tolérance et la bienveillance; c'est tout cela qui était mon affaire. Les opérations de mon commerce n'étaient qu'une goutte d'eau dans le vaste océan de mes affaires. »

Il releva sa chaîne de toute la longueur de son bras, comme pour montrer la cause de tous ses stériles regrets, et la rejeta lourdement à terre.

« C'est à cette époque de l'année expirante, dit le spectre, que je souffre le plus. Pourquoi ai-je alors traversé la foule de mes semblables toujours les yeux baissés vers les choses de la terre, sans les lever jamais vers cette étoile bénie qui conduisit les mages à une pauvre demeure ? N'y avait-il donc pas de pauvres demeures aussi vers lesquelles sa lumière aurait pu me conduire ? »

Scrooge était très effrayé d'entendre le spectre continuer sur ce ton, et il commençait à trembler de tous ses membres.

« Ecoutez-moi, s'écria le fantôme. Mon temps est bientôt passé.

— J'écoute, dit Scrooge ; mais épargnez-moi, ne faites pas trop de rhétorique, Jacob, je vous en prie.

— Comment se fait-il que je paraisse devant vous sous une forme que vous puissiez voir, je ne saurais le dire. Je me suis assis mainte et mainte fois à vos côtés en restant invisible. »

Ce n'était pas une idée agréable. Scrooge fut saisi de frissons et essuya la sueur qui découlait de son front.

« Et ce n'est pas mon moindre supplice, continua le spectre... Je suis ici ce soir pour vous avertir qu'il vous reste encore une chance et un espoir d'échapper à ma destinée, une chance et un espoir que vous tiendrez de moi, Ebenezer.

— Vous fûtes toujours pour moi un bon ami, dit Scrooge. Merci.

— Vous allez être hanté par trois esprits », ajouta le spectre.

La figure de Scrooge devint en un moment aussi pâle que celle du fantôme lui-même.

« Est-ce là cette chance et cet espoir dont vous me parliez, Jacob ? demanda-t-il d'une voix défaillante.

— Oui.

— Je... je... crois que j'aimerais mieux qu'il n'en fût rien, dit Scrooge.

— Sans leurs visites, reprit le spectre, vous ne pouvez espérer d'éviter mon sort. Attendez-vous à recevoir le premier demain quand l'horloge sonnera une heure.

— Ne pourrais-je pas les prendre tous à la fois pour en finir, Jacob ? insinua Scrooge.

— Attendez le second à la même heure la nuit d'après, et le troisième la nuit suivante, quand le dernier coup de minuit aura cessé de vibrer. Ne comptez pas me revoir, mais, dans votre propre intérêt, ayez soin de vous rappeler ce qui vient de se passer entre nous. »

Après avoir ainsi parlé, le spectre prit sa mentonnière sur la table et l'attacha autour de sa tête comme auparavant. Scrooge le comprit au bruit sec que firent ses dents lorsque les deux mâchoires furent réunies l'une à l'autre par le bandage. Alors il se hasarda à lever les yeux et aperçut son visiteur surnaturel debout devant lui, portant sa chaîne roulée autour de son bras.

L'apparition s'éloigna en marchant à reculons ; à chaque pas qu'elle faisait, la fenêtre se soulevait un peu, de sorte que quand le spectre l'eut atteinte, elle était toute grande ouverte. Il fit signe à Scrooge d'approcher ; celui-ci obéit. Lorsqu'ils furent à deux pas l'un de l'autre, l'ombre de Marley leva la main et l'avertit de ne pas approcher davantage. Scrooge s'arrêta, non pas tant par obéissance que par surprise et par crainte ; car, au moment où le fantôme leva la main, il entendit des bruits confus dans l'air, des sons incohérents de lamentation et de désespoir, des plaintes d'une inexprimable tristesse, des voix de regrets et de remords. Le spectre, ayant un moment prêté l'oreille, se joignit à ce chœur lugubre, et s'évanouit au sein de la nuit pâle et sombre.

Scrooge suivit l'ombre jusqu'à la fenêtre, et, dans sa curiosité haletante, il regarda par la croisée.

L'air était rempli de fantômes errant çà et là, comme des âmes en peine, exhalant, à mesure qu'ils passaient, de profonds gémissements. Chacun d'eux traînait une chaîne comme le spectre de Marley ; quelques-uns, en petit nombre (c'étaient peut-être des cabinets de ministres complices d'une même politique), étaient enchaînés ensemble ; aucun n'était libre. Plusieurs avaient été, pendant leur vie, personnellement connus de Scrooge. Il avait été intimement lié avec un vieux fantôme en gilet blanc, à la cheville duquel était attaché un monstrueux anneau de fer et qui se lamentait piteusement de ne pouvoir assister une malheureuse femme avec son enfant qu'il voyait au-dessous de lui sur le seuil d'une porte. Le supplice de tous ces spectres consistait évidemment en ce qu'ils s'efforçaient, mais trop tard, d'intervenir dans les affaires humaines, pour y faire quelque bien ; ils en avaient pour jamais perdu le pouvoir.

Ces créatures fantastiques se fondirent-elles dans le brouillard ou le brouillard vint-il les envelopper dans son ombre, Scrooge n'en put rien savoir, mais et les ombres et leurs voix s'éteignirent ensemble, et la nuit redevint ce qu'elle était lorsqu'il était rentré chez lui.

Il ferma la fenêtre : il examina soigneusement la porte par laquelle était entré le fantôme. Elle était fermée à double tour, comme il l'avait fermée de ses propres mains ; les verrous n'étaient point dérangés. Il essaya de dire : « Sottise ! » mais il s'arrêta à la première syllabe. Se sentant un grand besoin de repos, soit par suite de l'émotion qu'il avait éprouvée des fatigues de la journée, de cet aperçu du monde invisible, ou de la triste conversation du spectre, soit à cause de l'heure avancée, il alla droit à son lit, sans même se déshabiller, et s'endormit aussitôt.

DEUXIÈME COUPLET

Le premier des trois esprits

Quand Scrooge s'éveilla, il faisait si noir, que, regardant de son lit, il pouvait à peine distinguer la fenêtre transparente des murs opaques de sa chambre. Il s'efforçait de percer l'obscurité avec ses yeux de furet, lorsque l'horloge d'une église voisine sonna les quatre quarts. Scrooge écouta pour savoir l'heure.

A son grand étonnement, la lourde cloche alla de six à sept, puis de sept à huit, et ainsi régulièrement jusqu'à douze; alors elle s'arrêta. Minuit! Il était deux heures passées quand il s'était couché. L'horloge allait donc mal? Un glaçon devait s'être introduit dans les rouages. Minuit!

Scrooge toucha le ressort de sa montre à répétition, pour corriger l'erreur de cette horloge qui allait tout de travers. Le petit pouls rapide de la montre battit douze fois et s'arrêta.

« Comment! il n'est pas possible, dit Scrooge, que j'aie dormi tout un jour et une partie d'une seconde nuit. Il n'est pas possible qu'il soit arrivé quelque chose au soleil et qu'il soit minuit à midi! »

Cette idée étant de nature à l'inquiéter, il sauta à

bas de son lit et marcha à tâtons vers la fenêtre. Il fut obligé d'essuyer les vitres gelées avec la manche de sa robe de chambre avant de pouvoir rien voir, et encore il ne put pas voir grand-chose. Tout ce qu'il put distinguer, c'est que le brouillard était toujours très épais, qu'il faisait extrêmement froid, qu'on n'entendait pas dehors les gens aller et venir et faire grand bruit, comme cela aurait indubitablement eu lieu si la nuit avait chassé le jour et pris possession du monde. Ce lui fut un grand soulagement ; car, sans cela, que seraient devenues ses lettres de change : « à trois jours de vue, payez à M. Ebenezer Scrooge ou à son ordre » et ainsi de suite ? de pures hypothèques sur les brouillards de l'Hudson.

Scrooge reprit le chemin de son lit et se mit à penser, à repenser, à penser encore à tout cela, toujours et toujours et toujours, sans rien y comprendre. Plus il pensait, plus il était embarrassé ; et plus il s'efforçait de ne pas penser, plus il pensait. Le spectre de Marley le troublait excessivement. Chaque fois qu'après un mûr examen, il décidait, au-dedans de lui-même, que tout cela était un songe, son esprit, comme un ressort qui cesse d'être comprimé, retournait en hâte à sa première position, et lui présentait le même problème à résoudre : « Etait-ce ou n'était-ce pas un songe ? »

Scrooge demeura dans cet état jusqu'à ce que le carillon eût sonné trois quarts d'heure de plus ; alors il se souvint tout à coup que le spectre l'avait prévenu d'une visite quand le timbre sonnerait une heure. Il résolut de se tenir éveillé jusqu'à ce que l'heure fût passée ; et considérant qu'il ne lui était pas plus possible de s'endormir que d'avaler la lune, c'était peut-être la résolution la plus sage qui fût en son pouvoir.

Ce quart d'heure lui parut si long, qu'il crut plus d'une fois s'être assoupi sans s'en apercevoir, et n'avoir pas entendu sonner l'heure. L'horloge à la fin frappa son oreille attentive.

« Ding, dong !

— Un quart, dit Scrooge comptant.

— Ding, dong !

— La demie ! dit Scrooge.

— Ding, dong !

— Les trois quarts, dit Scrooge.

— Ding, dong !

— L'heure, l'heure ! s'écria Scrooge triomphant, et rien autre ! »

Il parlait avant que le timbre de l'horloge eût retenti ; mais au moment où celui-ci eut fait entendre *un* coup profond, lugubre, sourd, mélancolique, une vive lueur brilla aussitôt dans la chambre et les rideaux de son lit furent tirés.

Les rideaux de son lit furent tirés, vous dis-je, de côté, par une main invisible ; non pas les rideaux qui tombaient à ses pieds ou derrière sa tête, mais ceux vers lesquels son visage était tourné. Les rideaux de son lit furent tirés, et Scrooge, se dressant dans l'attitude d'une personne à demi couchée, se trouva face à face avec le visiteur surnaturel qui les tirait, aussi près de lui que je le suis maintenant de vous, et notez que je me tiens debout, en esprit, à votre coude.

C'était une étrange figure... celle d'un enfant ; et, néanmoins, pas aussi semblable à un enfant qu'à un vieillard vu au travers de quelque milieu surnaturel, qui lui donnait l'air de s'être éloigné à distance et d'avoir diminué jusqu'aux proportions d'un enfant. Ses cheveux, qui flottaient autour de son cou et tombaient sur son dos, étaient blancs comme si c'eût été l'effet de l'âge ; et, cependant, son visage n'avait pas une ride, sa peau brillait de l'incarnat le plus délicat. Les bras étaient très longs et musculeux ; les mains de même, comme s'il eût possédé une force peu commune. Ses jambes et ses pieds, très délicatement formés, étaient nus, comme les membres supérieurs. Il portait une tunique du blanc le plus pur, et autour de sa taille était serrée une ceinture lumineuse, qui brillait d'un vif éclat. Il tenait à la main une branche verte de houx fraîchement coupée ; et, par un singulier contraste avec cet emblème de l'hiver, il avait ses vêtements garnis des fleurs de l'été. Mais la chose la plus étrange qui fût en lui, c'est que du sommet de sa tête jaillissait un brillant jet de lumière, à l'aide duquel toutes ces choses étaient visibles, et d'où venait, sans doute, que dans ses moments de tristesse, il se servait en guise de chapeau d'un grand éteignoir, qu'il tenait présentement sous son bras.

Ce n'était point là cependant, en regardant de plus près, son attribut le plus étrange aux yeux de Scrooge. Car, comme sa ceinture brillait et reluisait tantôt sur un point, tantôt sur un autre, ce qui était clair un moment devenait obscur l'instant d'après ; l'ensemble de sa personne subissait aussi ces fluctuations et se montrait en conséquence sous des aspects divers. Tantôt c'était un être avec un seul bras, une seule jambe ou bien vingt jambes, tantôt deux jambes sans tête, tantôt une tête sans corps ; les membres qui disparaissaient à la vue ne laissaient pas apercevoir un seul contour dans l'obscurité épaisse au milieu de laquelle ils s'évanouissaient. Puis, par un prodige singulier, il redevenait lui-même, aussi distinct et aussi visible que jamais.

« Monsieur, demanda Scrooge, êtes-vous l'esprit dont la venue m'a été prédite ?
— Je le suis. »

La voix était douce et agréable, singulièrement basse, comme si, au lieu d'être si près de lui, il se fût trouvé dans l'éloignement.

« Qui êtes-vous donc ? demanda Scrooge.

— Je suis l'esprit de Noël passé.

— Passé depuis longtemps ? demanda Scrooge, remarquant la stature du nain.

— Non, votre dernier Noël. »

Peut-être Scrooge n'aurait-il pu dire pourquoi, si on le lui avait demandé, mais il éprouvait un désir tout particulier de voir l'esprit coiffé de son chapeau, et il le pria de se couvrir.

« Eh quoi ! s'écria le spectre, voudriez-vous sitôt éteindre avec des mains mondaines la lumière que je donne ? N'est-ce pas assez que vous soyez un de ceux dont les passions égoïstes m'ont fait ce chapeau et me forcent à le porter à travers les siècles enfoncé sur mon front ! »

Scrooge nia respectueusement qu'il eût l'intention de l'offenser, et protesta qu'à aucune époque de sa vie il n'avait volontairement « coiffé » l'esprit. Puis il osa lui demander quelle besogne l'amenait.

« Votre bonheur ! » dit le fantôme.

Scrooge se déclara fort reconnaissant, mais il ne put s'empêcher de penser qu'une nuit de repos non interrompu aurait contribué davantage à atteindre ce but. Il fallait que l'esprit l'eût entendu penser, car il dit immédiatement :

« Votre conversion, alors... Prenez garde ! »

Tout en parlant, il étendit sa forte main, et le saisit doucement par le bras.

« Levez-vous ! et marchez avec moi ! »

C'eût été en vain que Scrooge aurait allégué que le temps et l'heure n'étaient pas propices pour une promenade à pied ; que son lit était chaud et le thermomètre bien au-dessous de glace ; qu'il était légèrement vêtu, n'ayant que ses pantoufles, sa robe de chambre et son bonnet de nuit ; et qu'en même temps il avait à ménager son rhume. Pas moyen de résister à cette étreinte, quoique aussi douce que celle d'une main de femme. Il se leva : mais s'apercevant que l'esprit se dirigeait vers la fenêtre, il saisit sa robe dans une attitude suppliante.

« Je ne suis qu'un mortel, lui représenta Scrooge, et par conséquent je pourrais bien tomber.

— Permettez seulement que ma main vous touche *là*, dit l'esprit, mettant sa main sur le cœur de Scrooge, et vous serez soutenu dans bien d'autres épreuves encore. »

Comme il prononçait ces paroles, ils passèrent à travers la muraille et se trouvèrent sur une route en rase campagne, avec des champs de chaque côté. La ville avait entièrement disparu : on ne pouvait plus en voir de vestige. L'obscurité et le brouillard s'étaient évanouis en même temps, car c'était un jour d'hiver, brillant de clarté, et la neige couvrait la terre.

« Bon Dieu ! dit Scrooge en joignant les mains tandis qu'il promenait ses regards autour de lui. C'est en ce lieu que j'ai été élevé ; c'est ici que j'ai passé mon enfance ! »

L'esprit le regarda avec bonté. Son doux attouchement, quoiqu'il eût été léger et n'eût duré qu'un instant, avait réveillé la sensibilité du vieillard. Il avait la conscience d'une foule d'odeurs flottant dans l'air, dont chacune était associée avec un millier de pensées, d'espérances, de joies et de préoccupations oubliées depuis longtemps, bien longtemps !

« Votre lèvre tremble, dit le fantôme. Et qu'est-ce que vous avez donc là sur la joue ?

— Rien, dit Scrooge tout bas, d'une voix singulièrement émue, ce n'est pas la peur qui me creuse les joues ; ce n'est rien, c'est seulement une fossette que j'ai là. Menez-moi, je vous prie, où vous voulez.

— Vous vous rappelez le chemin ? demanda l'esprit.

— Me le rappeler ! s'écria Scrooge avec chaleur... Je pourrais m'y retrouver les yeux bandés.

— Il est bien étrange alors que vous l'ayez oublié depuis tant d'années ! observa le fantôme. Avançons. »

Ils marchèrent le long de la route, Scrooge reconnaissant chaque porte, chaque poteau, chaque arbre, jusqu'à ce qu'un petit bourg apparut dans le lointain, avec son pont, son église et sa rivière au cours sinueux. Quelques poneys aux longs crins se montrèrent en ce moment trottant vers eux, montés par des enfants qui appelaient d'autres enfants juchés dans des carrioles rustiques et des charrettes que conduisaient des fermiers. Tous ces enfants étaient très animés, et échangeaient ensemble mille cris variés, jusqu'à ce que les vastes campagnes furent si remplies de cette musique joyeuse, que l'air mis en vibration riait de l'entendre.

« Ce ne sont là que les ombres des choses qui ont été, dit le spectre. Elles ne se doutent pas de notre présence. »

Les gais voyageurs avancèrent vers eux ; et, à mesure qu'ils venaient, Scrooge les reconnaissait et appelait chacun d'eux par son nom. Pourquoi était-il réjoui, plus qu'on ne peut dire, de les voir ? pourquoi son œil, ordinairement sans expression, s'illuminait-il ? pourquoi son cœur bondissait-il à mesure qu'ils passaient ? Pourquoi fut-il rempli de bonheur quand il les entendit se souhaiter l'un à l'autre un gai Noël, en se séparant aux carrefours et aux chemins de traverse qui devaient les ramener chacun à son logis ? Qu'était un gai Noël pour Scrooge ? Foin du gai Noël ! Quel bien lui avait-il jamais fait ?

« L'école n'est pas encore tout à fait déserte, dit le fantôme. Il y reste encore un enfant solitaire, oublié par ses amis. »

Scrooge dit qu'il le reconnaissait, et il soupira.

Ils quittèrent la grand-route pour s'engager dans un chemin creux parfaitement connu de Scrooge, et s'approchèrent bientôt d'une construction en briques d'un rouge sombre, avec un petit dôme surmonté d'une girouette; sur le toit, une cloche était suspendue. C'était une maison vaste, mais qui témoignait des vicissitudes de la fortune; car on se servait peu de ses spacieuses dépendances; leurs murs étaient humides et couverts de mousse, leurs fenêtres brisées et leurs portes délabrées. Des poules gloussaient et se pavanaient dans les écuries; les remises et les hangars étaient envahis par l'herbe. A l'intérieur, elle n'avait pas gardé plus de restes de son ancien état; car, en entrant dans le sombre vestibule, et, en jetant un regard à travers les portes ouvertes de plusieurs pièces, ils les trouvèrent pauvrement meublées, froides et solitaires; il y avait dans l'air une odeur de renfermé; tout, en ce lieu, respirait le dénuement glacial qui donnait à penser que ses habitants se levaient souvent avant le jour pour travailler, et n'avaient pas trop de quoi manger.

Ils allèrent, l'esprit et Scrooge, à travers le vestibule, à une porte située sur le derrière de la maison. Elle s'ouvrit devant eux, et laissa voir une longue salle triste et déserte, que rendaient plus déserte encore des rangées de bancs et de pupitres en simple sapin. A l'un de ces pupitres, près d'un faible feu, lisait un enfant demeuré tout seul; Scrooge s'assit sur un banc et pleura en se reconnaissant lui-même, oublié, délaissé comme il avait coutume de l'être alors.

Pas un écho endormi dans la maison, pas un cri des souris se livrant bataille derrière les boiseries, pas un son produit par le jet d'eau à demi gelé, tombant goutte à goutte dans l'arrière-cour, pas un soupir du vent parmi les branches sans feuilles d'un peuplier découragé, pas un battement sourd d'une porte de magasin vide, non, non, pas le plus léger pétillement du feu qui ne fît sentir au cœur de Scrooge sa douce influence, et ne donnât un plus libre cours à ses larmes.

L'esprit lui toucha le bras et lui montra l'enfant, cet autre lui-même, attentif à sa lecture.

Soudain, un homme vêtu d'un costume étranger, visible, comme je vous vois, parut debout derrière la fenêtre, avec une hache attachée à sa ceinture, et conduisant par le licou un âne chargé de bois. « Mais c'est Ali-Baba! s'écria Scrooge en extase. C'est le bon vieil Ali-Baba, l'honnête homme! Oui, oui, je le reconnais. C'est un jour de Noël que cet enfant là-bas avait été laissé ici tout seul, et que lui il vint, pour la première fois, précisément accoutré comme cela. Pauvre enfant! Et Valentin, dit Scrooge, et son coquin de frère, Orson; les voilà aussi. Et quel est son nom à celui-là, qui fut déposé, tout endormi, presque nu, à la porte de Damas; ne le voyez-vous pas? Et le palefrenier du sultan, renversé sens dessus dessous par les génies; le voilà la tête en bas! Bon! traitez-le comme il le mérite; j'en suis bien aise. Qu'avait-il besoin d'épouser la princesse? »

Quelle surprise pour ses confrères de la Cité, s'ils avaient pu entendre Scrooge dépenser tout ce que sa nature avait d'ardeur et d'énergie à s'extasier sur de tels souvenirs, moitié riant, moitié pleurant, avec un son de voix des plus extraordinaires, et voir l'animation empreinte sur les traits de son visage!

« Voilà le perroquet! continua-t-il; le corps vert et la queue jaune, avec une huppe semblable à une laitue sur le haut de la tête; le voilà! « Pauvre Robinson Crusoé! » lui criait-il quand il revint au logis, après avoir fait le tour de l'île en canot. « Pauvre Robinson Crusoé, où avez-vous été, Robinson Crusoé? » L'homme croyait rêver, mais non, il ne rêvait pas. C'était le perroquet, vous savez. Voilà Vendredi courant à la petite baie pour sauver sa vie ! Allons, vite, courage, houp ! »

Puis, passant d'un sujet à un autre avec une rapidité qui n'était point dans son caractère, touché de compassion pour cet autre lui-même qui lisait ces contes : « Pauvre enfant ! » répéta-t-il, et il se mit encore à pleurer.

« Je voudrais, murmura Scrooge en mettant la main dans sa poche et en regardant autour de lui après s'être essuyé les yeux avec sa manche ; mais il est trop tard maintenant.

— Qu'y a-t-il ? demanda l'esprit.

— Rien, dit Scrooge, rien. Je pensais à un enfant qui chantait un Noël hier soir à ma porte ; je voudrais lui avoir donné quelque chose : voilà tout. »

Le fantôme sourit d'un air pensif, et, de la main, lui fit signe de se taire en disant : « Voyons un autre Noël. »

A ces mots, Scrooge vit son autre lui-même déjà grandi, et la salle devint un peu plus sombre et un peu plus sale. Les panneaux s'étaient fendillés, les fenêtres étaient crevassées, des fragments de plâtre étaient tombés du plafond, et les lattes se montraient à découvert. Mais comment tous ces changements à vue se faisaient-ils ? Scrooge ne le savait pas plus que vous. Il savait seulement que c'était exact, que tout s'était passé comme cela, qu'il se trouvait là, seul encore, tandis que tous les autres jeunes garçons étaient allés passer les joyeux jours de fête dans leurs familles.

Maintenant il ne lisait plus, mais se promenait de long en large en proie au désespoir. Scrooge regarda le spectre ; puis, avec un triste hochement de tête, jeta du côté de la porte un coup d'œil plein d'anxiété.

Elle s'ouvrit ; et une petite fille, beaucoup plus jeune que l'écolier, entra comme un trait ; elle passa ses bras autour de son cou et l'embrassa plusieurs fois en lui disant : « Cher, cher frère !

« Je suis venue pour vous emmener à la maison, cher frère, dit-elle en frappant ses petites mains l'une contre l'autre, et toute courbée en deux à force de rire. Vous emmener à la maison, à la maison, à la maison !

— A la maison, petite Fanny ? répéta l'enfant.

— Oui, dit-elle radieuse. A la maison, pour tout de bon ; à la maison, pour toujours, toujours. Papa est maintenant si bon, en comparaison de ce qu'il était autrefois, que la maison est comme un paradis ! Un de ces soirs, comme j'allais me coucher, il me parla avec une si grande tendresse, que je n'ai pas eu peur de lui demander encore une fois si vous ne pourriez pas venir à la maison ; il m'a répondu que oui, que vous le pouviez, et m'a envoyée avec une voiture pour vous chercher. Vous allez être un homme ! ajouta-t-elle en ouvrant de grands yeux ; vous ne reviendrez jamais ici ; mais d'abord, nous allons demeurer ensemble toutes les fêtes de Noël, et passer notre temps de la manière la plus joyeuse du monde.

— Vous êtes une vraie femme, petite Fanny ! » s'écria le jeune garçon.

Elle battit des mains et se mit à rire ; ensuite elle essaya de lui caresser la tête ; mais comme elle était trop petite, elle se mit à rire encore, et se dressa sur la pointe des pieds pour l'embrasser. Alors, dans son empressement enfantin, elle commença à l'entraîner vers la porte, et lui, il l'accompagnait sans regret.

Une voix terrible se fit entendre dans le vestibule : « Descendez la malle de master Scrooge, allons ! » Et en même temps parut le maître en personne, qui jeta sur le jeune M. Scrooge un regard de condescendance farouche, et le plongea dans un trouble affreux en lui secouant la main en signe d'adieu. Il l'introduisit ensuite, ainsi que sa sœur, dans la vieille salle basse, la plus froide qu'on ait jamais vue, véritable cave, où les cartes suspendues aux murailles, les globes célestes et terrestres dans les embrasures de fenêtres, semblaient glacés par le froid. Il leur servit une carafe d'un vin singulièrement léger, et un morceau de gâteau singulièrement lourd, régalant lui-même de ces friandises le jeune couple, en même temps qu'il envoyait un domestique de chétive apparence pour offrir « quelque chose » au postillon, qui répondit qu'il remerciait bien Monsieur, mais que, si c'était le même vin dont il avait déjà goûté auparavant, il aimait mieux ne rien prendre. Pendant ce temps-là on avait attaché la malle de maître Scrooge sur le haut de la voiture ; les enfants dirent adieu de très grand cœur au maître, et, montant en voiture, ils traversèrent gaiement l'allée du jardin ; les roues rapides faisaient jaillir, comme des flots d'écume, la neige et le givre qui recouvraient les sombres feuilles des arbres.

« Ce fut toujours une créature délicate qu'un simple souffle aurait pu flétrir, dit le spectre. Mais elle avait un grand cœur.

— Oh ! oui, s'écria Scrooge. Vous avez raison. Ce n'est pas moi qui dirai le contraire, esprit, Dieu m'en garde !

— Elle est morte mariée, dit l'esprit, et a laissé deux enfants, je crois.

— Un seul, répondit Scrooge.

— C'est vrai, dit le spectre, votre neveu. »

Scrooge parut mal à l'aise et répondit brièvement : « Oui. »

Quoiqu'ils n'eussent fait que quitter la pension en ce moment, ils se trouvaient déjà dans les rues populeuses d'une ville, où passaient et repassaient des ombres humaines, où des ombres de charrettes et de voitures se disputaient le pavé, où se rencontraient enfin le bruit et l'agitation d'une véritable ville. On voyait assez clairement, à l'étalage des boutiques, que là aussi on célébrait le retour de Noël ; mais c'était le soir, et les rues étaient éclairées.

Le spectre s'arrêta à la porte d'un certain magasin, et demanda à Scrooge s'il le reconnaissait.

« Si je le reconnais ! dit Scrooge. N'est-ce pas ici que j'ai fait mon apprentissage ? »

Ils entrèrent. A la vue d'un vieux monsieur en perruque galloise, assis derrière un pupitre si élevé que, si le gentleman avait eu deux pouces de plus, il se serait cogné la tête contre le plafond, Scrooge s'écria en proie à une grande excitation :

« Mais c'est le vieux Fezziwig ! Dieu le bénisse ! C'est Fezziwig ressuscité ! »

Le vieux Fezziwig posa sa plume et regarda l'horloge qui marquait sept heures. Il se frotta les mains, rajusta son vaste gilet, rit de toutes ses forces, depuis la plante des pieds jusqu'à la pointe des cheveux, et appela d'une voix puissante, sonore, riche, pleine et joviale :

« Holà ! oh ! Ebenezer ! Dick ! »

L'autre Scrooge, devenu maintenant un jeune homme, entra lestement, accompagné de son camarade d'apprentissage.

« C'est Dick Wilkins, pour sûr ! dit Scrooge au fantôme. Oui, c'est lui ; miséricorde ! le voilà ! Il m'était très attaché, le pauvre Dick ! ce bien cher Dick !

— Allons, allons, mes enfants ! s'écria Fezziwig, on ne travaille plus ce soir. C'est la veille de Noël, Dick. C'est Noël, Ebenezer ! Vite, mettons les volets, cria le vieux Fezziwig en faisant gaiement claquer ses mains. Dépêchons ! comment ! ce n'est pas encore fait ? »

Vous ne croiriez jamais comment ces deux gaillards se mirent à l'ouvrage ! Ils se précipitèrent dans la rue avec les volets, un, deux, trois... les mirent en place... quatre, cinq, six... posèrent les barres et les clavettes... sept, huit, neuf... et revinrent avant que vous eussiez pu compter jusqu'à douze, haletants comme des chevaux de course.

« Ohé ! oh ! s'écria le vieux Fezziwig descendant de son pupitre avec une merveilleuse agilité. Débarrassons, mes enfants, et faisons de la place ici ! Holà, Dick ! Allons, preste, Ebenezer ! »

Débarrasser ! ils auraient tout déménagé même s'il l'avait fallu, sous les yeux du vieux Fezziwig. Ce fut fait en une minute. Tout ce qui était transportable fut enlevé comme pour disparaître à tout jamais de la vie publique, le plancher balayé et arrosé, les lampes apprêtées, un tas de charbon jeté sur le feu, et le magasin devint une salle de bal aussi commode, aussi chaude, aussi sèche, aussi brillante qu'on pouvait le désirer pour une soirée d'hiver.

Vint alors un ménétrier avec son livre de musique. Il monta au haut du grand pupitre, en fit un orchestre et fit des accords réjouissants comme la colique. Puis entra Mme Fezziwig, un vaste sourire en personne ; puis entrèrent les trois miss Fezziwig, radieuses et adorables ; puis entrèrent les six jeunes poursuivants dont elles brisaient les cœurs, puis entrèrent tous les jeunes gens et toutes les jeunes filles employées dans le commerce de la maison ; puis entra la servante avec son cousin le boulanger ; puis entra la cuisinière avec l'ami intime de son frère, le marchand de lait ; puis entra le petit apprenti d'en face, soupçonné de ne pas avoir assez de quoi manger chez son maître ; il se cachait derrière la servante du numéro 15 à laquelle sa maîtresse, le fait était prouvé, avait tiré les oreilles. Ils entrèrent tous, l'un après l'autre, quelques-uns d'un air timide, d'autres plus hardiment, ceux-ci avec grâce, ceux-là avec gaucherie, qui poussant, qui tirant ; enfin tous entrèrent de façon ou d'autre et n'importe comment. Ils partirent tous, vingt couples à la fois, se tenant par la main et formant une ronde. La moitié se porte en avant, puis revient en arrière ; c'est au tour de ceux-ci à se balancer en cadence, c'est au tour de ceux-là à entraîner le mouvement ; puis ils recommencent tous à tourner en rond plusieurs fois, se groupant, se serrant, se poursuivant les uns les autres : le vieux couple n'est jamais à sa place, et les jeunes couples repartent avec vivacité, quand ils l'ont mis dans l'embarras, puis, enfin, la chaîne est rompue et les danseurs se trouvent sans vis-à-vis. Après ce beau résultat, le vieux Fezziwig, frappant des mains pour suspendre la danse, s'écria : « C'est bien ! » et le ménétrier plongea son visage échauffé dans un pot de porter, spécialement préparé à cette intention. Mais, lorsqu'il reparut, dédaignant le repos, il recommença de plus belle, quoiqu'il n'y eût pas encore de danseurs, comme si l'autre ménétrier avait été reporté chez lui, épuisé, sur un volet de fenêtre, et que ce fût un nouveau musicien qui fût venu le remplacer, résolu à vaincre ou à périr.

Il y eut encore des danses, et le jeu des gages touchés ; puis encore des danses, un gâteau, du punch, une énorme pièce de rôti froid, une autre de bouilli froid, des pâtés au hachis et de la bière en abondance. Mais le grand effet de la soirée, ce fut après le rôti et le bouilli, quand le ménétrier (un fin matois, remarquez bien, un diable d'homme qui connaissait bien son affaire : ce n'est ni vous ni moi qui aurions pu lui en remontrer !) commença à jouer *Sir Robert de Coverley*. Alors s'avança le vieux Fezziwig pour danser avec Mme Fezziwig. Ils se placèrent en tête de la danse. En voilà de la besogne ! vingt-trois ou vingt-quatre couples à conduire, et des gens avec lesquels il n'y avait pas à badiner, des gens qui voulaient danser et ne savaient ce que c'était que d'aller le pas.

Mais eussent-ils été deux ou trois fois plus nombreux, quatre fois même, le vieux Fezziwig aurait été capable de leur tenir tête, Mme Fezziwig pareillement. Quant à elle, c'était sa digne compagne, dans toute l'étendue du mot. Si ce n'est pas là un assez bel éloge, qu'on m'en fournisse un autre, et j'en ferai mon profit. Les mollets de Fezziwig étaient positivement comme deux astres. C'étaient des lunes qui se multipliaient dans toutes les évolutions de la danse. Ils paraissaient, disparaissaient, reparaissaient de plus belle. Et quand le vieux Fezziwig et Mme Fezziwig eurent exécuté toute la danse : *avancez et reculez, tenez votre danseuse par la main, balancez, saluez ; le tire-bouchon ; enfilez l'aiguille et reprenez vos places ;* Fezziwig faisait des entrechats si lestement qu'il semblait jouer du flageolet avec ses jambes, et retombait ensuite en place sur ses pieds droit comme un I.

Quand l'horloge sonna onze heures, ce bal domestique prit fin. M. et Mme Fezziwig allèrent se placer de chaque côté de la porte et, secouant amicalement les mains à chaque personne individuellement, lui aux hommes, elle aux femmes, à mesure que l'on sortait, ils leur souhaitèrent à tous un joyeux Noël. Lorsqu'il ne resta plus que les deux apprentis, ils leur firent les mêmes adieux, puis les voix joyeuses se turent, et les jeunes gens regagnèrent leurs lits placés sous un comptoir de l'arrière-boutique.

Pendant tout ce temps, Scrooge s'était agité comme un homme qui aurait perdu l'esprit. Son cœur et son âme avaient pris part à cette scène avec son autre lui-même. Il reconnaissait tout, se rappelait tout, jouissait de tout et éprouvait la plus étrange agitation. Ce ne fut plus que quand ces brillants visages de son autre lui-même et de Dick eurent disparu à leurs yeux, qu'il se souvint du fantôme et s'aperçut que ce dernier le considérait très attentivement, tandis que la lumière dont sa tête était surmontée brillait d'une clarté de plus en plus vive.

« Il faut bien peu de chose, dit le fantôme, pour inspirer à ces sottes gens tant de reconnaissance...

— Peu de chose ! » répéta Scrooge.

L'esprit lui fit signe d'écouter les deux apprentis qui répandaient leurs cœurs en louanges sur Fezziwig, puis ajouta, lorsqu'il eut obéi :

« Eh quoi ! voilà-t-il pas grand-chose ? Il a dépensé quelques livres sterling de votre argent mortel ; trois ou quatre peut-être. Cela vaut-il la peine de lui donner tant d'éloges ?

— Ce n'est pas cela, dit Scrooge, excité par cette remarque, et parlant, sans s'en douter, comme son autre lui-même et non pas comme le Scrooge d'aujourd'hui. Ce n'est pas cela, esprit. Fezziwig a le pouvoir de nous rendre heureux ou malheureux ; de faire que notre service devienne léger ou pesant, un plaisir ou une peine. Que ce pouvoir consiste en paroles et en regards, en choses si insignifiantes, si fugitives qu'il est impossible de les additionner et de les aligner en compte, eh bien ! qu'est-ce que cela fait ? Le bonheur qu'il nous donne est tout aussi grand que s'il coûtait une fortune. »

Scrooge surprit le regard perçant de l'esprit et s'arrêta.

« Qu'est-ce que vous avez ? demanda le fantôme.

— Rien de particulier, dit Scrooge.

— Vous avez l'air d'avoir quelque chose, insista le spectre.

— Non, dit Scrooge, non. Seulement j'aimerais à pouvoir dire en ce moment un mot ou deux à mon commis. Voilà tout. »

Son autre lui-même éteignit les lampes au moment où il exprimait ce désir ; et Scrooge et le fantôme se trouvèrent de nouveau côte à côte en plein air.

« Mon temps s'écoule, observa l'esprit. Vite ! »

Cette parole n'était point adressée à Scrooge ou à quelqu'un qu'il pût voir, mais elle produisit un effet immédiat, car Scrooge se revit encore. Il était plus âgé maintenant, un homme dans la fleur de l'âge. Son visage n'avait point les traits durs et sévères de sa maturité ; mais il avait commencé à porter les marques de l'inquiétude et de l'avarice. Il y avait dans son regard une mobilité ardente, avide, inquiète, qui indiquait la passion qui avait pris racine en lui : on devinait déjà de quel côté allait se projeter l'ombre de l'arbre qui commençait à grandir.

Il n'était pas seul, il se trouvait au contraire à côté d'une belle jeune fille vêtue de deuil, dont les yeux pleins de larmes brillaient à la lumière du spectre de Noël passé.

« Peu importe, disait-elle doucement, à vous du moins. Une autre idole a pris ma place, et, si elle peut vous réjouir et vous consoler plus tard, comme j'aurais essayé de le faire, je n'ai pas autant de raisons de m'affliger.

— Quelle idole a pris votre place ? répondit-il.

— Le veau d'or.

— Voilà bien l'impartialité du monde ! dit-il. Il n'y a rien qu'il traite plus durement que la pauvreté ; et il n'y a rien qu'il fasse profession de condamner avec autant de sévérité que la poursuite de la richesse !

— Vous craignez trop l'opinion du monde, répliquait la jeune fille avec douceur. Vous avez sacrifié toutes vos espérances à celle d'échapper un jour à son mépris sordide. J'ai vu vos plus nobles aspirations disparaître une à une, jusqu'à ce que la passion dominante, le lucre, vous ait absorbé. N'ai-je pas raison ?

— Eh bien! quoi? reprit-il. Lors même que je serais devenu plus raisonnable en vieillissant, après? Je ne suis pas changé à votre égard. »

Elle secoua la tête.

« Suis-je changé?

— Notre engagement est bien ancien. Nous l'avons pris ensemble quand nous étions tous les deux pauvres et contents de notre état, en attendant le jour où nous pourrions améliorer notre fortune en ce monde par notre patiente industrie. Vous avez bien changé. Quand cet engagement fut pris, vous étiez un autre homme.

— J'étais un enfant, dit-il avec impatience.

— Votre propre conscience vous dit que vous n'étiez point alors ce que vous êtes aujourd'hui, répliqua-t-elle. Pour moi, je suis la même. Ce qui pouvait nous promettre le bonheur, quand nous n'avions qu'un cœur, n'est plus qu'une source de peines depuis que nous en avons deux. Combien de fois et avec quelle amertume j'y ai pensé, je ne veux pas vous le dire. Il suffit que j'y aie pensé, et que je puisse à présent vous rendre votre parole.

— Ai-je jamais cherché à la reprendre?

— De bouche, non, jamais.

— Comment, alors?

— En changeant du tout au tout. Votre humeur n'est plus la même; ni l'atmosphère au milieu de laquelle vous vivez; ni l'espérance qui était le but principal de votre vie. Si cet engagement n'eût jamais existé entre nous, dit la jeune fille, le regardant avec douceur, mais avec fermeté, dites-le-moi, rechercheriez-vous ma main aujourd'hui? Oh! non. »

Il parut prêt à céder en dépit de lui-même à cette supposition trop vraisemblable. Cependant il ne se rendit pas encore :

« Vous ne le pensez pas, dit-il.

— Je serais bien heureuse de penser autrement si je le pouvais, répondit-elle ; Dieu le sait ! Pour que je me sois rendue moi-même à une vérité si pénible, il faut bien qu'elle ait une force irrésistible. Mais, si vous étiez libre aujourd'hui ou demain, comme hier, puis-je croire que vous choisiriez pour femme une fille sans dot, vous qui, dans vos plus intimes confidences, alors que vous lui ouvriez votre cœur avec le plus d'abandon, ne cessiez de peser toutes choses dans les balances de l'intérêt, et de tout estimer par le profit que vous pouviez en retirer ! ou si, venant à oublier un instant, à cause d'elle, les principes qui font votre seule règle de conduite, vous vous arrêtiez à ce choix, ne sais-je donc pas que vous ne tarderiez point à le regretter et à vous en repentir ? j'en suis convaincue ; c'est pourquoi je vous rends votre liberté, de grand cœur, à cause même de l'amour que je vous portais autrefois, quand vous étiez si différent de ce que vous êtes aujourd'hui.

Il allait parler ; mais elle continua en détournant les yeux :

«Peut-être... mais non, disons plutôt : sans aucun doute, la mémoire du passé m'autorise à l'espérer, vous souffrirez de ce parti. Mais encore un peu, bien peu de temps, et vous bannirez avec empressement ce souvenir importun comme un rêve inutile et fâcheux dont vous vous féliciterez d'être délivré. Puisse la nouvelle existence que vous aurez choisie vous rendre heureux ! »

Elle le quitta, et ils se séparèrent.

«Esprit, dit Scrooge, ne me montrez plus rien ! Ramenez-moi à la maison. Pourquoi vous plaisez-vous à me tourmenter ?

— Encore une ombre ! cria le spectre.

— Non, plus d'autres ! dit Scrooge ; je n'en veux pas voir davantage. Ne me montrez plus rien !... »

Mais le fantôme impitoyable l'étreignit entre ses deux bras et le força de considérer la suite des événements.

Ils se trouvèrent tout à coup transportés dans un autre lieu où une scène d'un autre genre vint frapper leurs regards; c'était une chambre, ni grande, ni belle, mais agréable et commode. Près d'un bon feu d'hiver était assise une belle jeune fille, qui ressemblait tellement à la dernière, que Scrooge la prit pour elle, jusqu'à ce qu'il aperçût cette dernière devenue maintenant une grave mère de famille, assise vis-à-vis de sa fille. Le bruit qui se faisait dans cette chambre était assourdissant, car il y avait là plus d'enfants que Scrooge, dans l'agitation extrême de son esprit, n'en pouvait compter; et, bien différents de la joyeuse troupe dont parle le poème, au lieu de quarante enfants silencieux comme s'il n'y en avait eu qu'un seul, chacun d'eux, au contraire, se montrait bruyant et tapageur comme quarante. La conséquence inévitable d'une telle situation était un vacarme dont rien ne saurait donner une idée; mais personne ne semblait s'en inquiéter. Bien plus, la mère et la fille en riaient de tout leur cœur, et s'en amusaient beaucoup. Celle-ci, ayant commencé à se mêler à leurs jeux, fut aussitôt mise au pillage par ces petits brigands qui la traitèrent sans pitié. Que n'aurais-je pas donné pour être l'un d'eux! Quoique assurément je ne me fusse jamais conduit avec tant de rudesse, oh! non! Je n'aurais pas voulu, pour tout l'or du monde, avoir emmêlé si rudement, ni tiré avec tant de brutalité ces cheveux si bien peignés; et quant au charmant petit soulier, je me serais bien gardé de le lui ôter de force, Dieu me bénisse! quand il se serait agi de sauver ma vie. Pour ce qui est de mesurer sa taille en jouant comme ils le faisaient sans scrupule, ces petits audacieux, je ne l'aurais certainement pas osé non plus ; j'aurais craint qu'en punition de ce sacrilège mon bras ne fût condamné à s'arrondir toujours, sans pouvoir se redresser jamais. Et pourtant, je l'avoue, j'aurais bien voulu toucher ses lèvres, lui adresser des questions afin qu'elle fût forcée de les ouvrir pour me répondre, fixer mes regards sur les cils de ses yeux baissés, sans la faire rougir ; dénouer sa chevelure ondoyante dont une seule boucle eût été pour moi le plus précieux de tous les souvenirs ; bref, j'aurais voulu, je le confesse, qu'il me fût permis de jouir auprès d'elle des privilèges d'un enfant, et, cependant, demeurer assez homme pour en apprécier toute la valeur.

Mais voilà qu'en ce moment on entendit frapper à la porte, et il s'ensuivit immédiatement un tel tumulte et une telle confusion, que ce groupe aussi bruyant qu'animé qui l'entourait la porta violemment, sans qu'elle pût s'en défendre, la figure riante et les vêtements en désordre, du côté de la porte, au-devant du père qui rentrait suivi d'un homme chargé de joujoux et de cadeaux de Noël. Qu'on se figure les cris, les batailles, les assauts livrés au commissionnaire sans défense ! C'est à qui l'escaladera avec des chaises en guise d'échelles, pour fouiller dans ses poches, lui arracher les petits paquets enveloppés de papier gris, le saisir par la cravate, se suspendre à son cou, lui distribuer, en signe d'une tendresse que rien ne peut réprimer, force coups de poing dans le dos, force coups de pied dans les os des jambes. Et puis, quels cris de joie et de bonheur accueillent l'ouverture de chaque paquet ! Quel effet produit la fâcheuse nouvelle que le marmot a été pris sur le fait, mettant dans sa bouche une poêle à frire du petit ménage, et qu'il est plus que suspecté d'avoir avalé un dindon en sucre, collé sur un plat de bois ! Quel immense soulagement de reconnaître que c'est une fausse alarme !

Leur joie, leur reconnaissance, leur enthousiasme, tout cela ne saurait se décrire. Enfin, l'heure étant arrivée, peu à peu les enfants, avec leurs émotions, sortent du salon l'un après l'autre, montent l'escalier quatre à quatre jusqu'à leur chambre située au dernier étage, où ils se couchent, et le calme renaît.

Alors Scrooge redoubla d'attention quand le maître du logis, sur lequel s'appuyait tendrement sa fille, s'assit entre elle et sa mère, au coin du feu ; et quand il vint à penser qu'une autre créature semblable, tout aussi gracieuse, tout aussi belle, aurait pu l'appeler son père, et faire un printemps du triste hiver de sa vie, ses yeux se remplirent de larmes.

« Bella, dit le mari se tournant vers sa femme avec un sourire, j'ai vu ce soir un de vos anciens amis.

— Qui donc ?

— Devinez !

— Comment le puis-je ?... Mais, j'y suis, ajouta-t-elle aussitôt en riant comme lui. C'est M. Scrooge.

— Lui-même. Je passais devant la fenêtre de son comptoir ; et, comme les volets n'étaient point fermés et qu'il y avait de la lumière, je n'ai pu m'empêcher de le voir. Son associé se meurt, dit-on : il était donc là seul comme toujours, je pense, tout seul au monde.

— Esprit, dit Scrooge d'une voix saccadée, éloignez-moi d'ici.

— Je vous ai prévenu, répondit le fantôme, que je vous montrerais les ombres de ce qui a été ; ne vous en prenez pas à moi si elles sont ce qu'elles sont, et non autre chose.

— Emmenez-moi ! s'écria Scrooge, je ne puis supporter davantage ce spectacle ! »

Il se tourna vers l'esprit, et voyant qu'il le regardait avec un visage dans lequel, par une singularité étrange, se retrouvaient des traits épars de tous les visages qu'il lui avait montrés, il se jeta sur lui.

« Laissez-moi ! s'écria-t-il ; remmenez-moi, cessez de m'obséder ! »

Dans la lutte, si toutefois c'était une lutte, car le spectre, sans aucune résistance apparente, ne pouvait être ébranlé par aucun effort de son adversaire, Scrooge observa que la lumière de sa tête brillait, de plus en plus éclatante. Rapprochant alors dans son esprit cette circonstance de l'influence que le fantôme exerçait sur lui, il saisit l'éteignoir, et, par un mouvement soudain, le lui enfonça vivement sur la tête.

L'esprit s'affaissa tellement sous ce chapeau fantastique, qu'il disparut presque en entier ; mais Scrooge avait beau peser sur lui de toutes ses forces, il ne pouvait venir à bout de cacher la lumière qui s'échappait de dessous l'éteignoir et rayonnait autour de lui sur le sol.

Il se sentit épuisé et surmonté par un irrésistible besoin de dormir, puis bientôt il se trouva dans sa chambre à coucher. Alors il fit un dernier effort pour enfoncer encore davantage l'éteignoir, sa main se détendit, et il n'eut que le temps de rouler sur son lit avant de tomber dans un profond sommeil.

TROISIÈME COUPLET

Le second des trois esprits

Réveillé au milieu d'un ronflement d'une force prodigieuse, et s'asseyant sur son lit pour recueillir ses pensées, Scrooge n'eut pas besoin qu'on lui dît que l'horloge allait de nouveau sonner *une heure.* Il sentit de lui-même qu'il reprenait connaissance juste à point nommé pour se mettre en rapport avec le second messager qui lui serait envoyé par l'intervention de Jacob Marley. Mais trouvant très désagréable le frisson qu'il éprouvait en restant là à se demander lequel de ses rideaux tirerait ce nouveau spectre, il les tira tous les deux de ses propres mains, puis, se laissant retomber sur son oreiller, il tint l'œil au guet tout autour de son lit, car il désirait affronter bravement l'esprit au moment de son apparition, et n'avait pas envie d'être assailli par surprise, ni de se laisser dominer par une trop vive émotion.

MM. les esprits forts, habitués à ne douter de rien, qui se piquent d'être blasés sur tous les genres d'émotion, et de se trouver, à toute heure, à la hauteur des circonstances, expriment la vaste étendue de leur courage impassible en face des aventures imprévues, en se déclarant prêts à tout, depuis une partie de croix ou pile, jusqu'à une partie d'honneur (c'est ainsi, je crois, qu'on appelle l'homicide). Entre ces deux extrêmes, il se trouve, sans aucun doute, un champ assez spacieux, et une grande variété de sujets. Sans vouloir faire de Scrooge un matamore si farouche, je ne saurais m'empêcher de vous prier de croire qu'il était prêt aussi à défier un nombre presque infini d'apparitions étranges et fantastiques, et à ne se laisser étonner par quoi que ce fût en ce genre, depuis la vue d'un enfant au berceau, jusqu'à celle d'un rhinocéros!

Mais s'il s'attendait presque à tout, il n'était, par le fait, nullement préparé à ce qu'il n'y eût rien, et c'est pourquoi, quand l'horloge vint à sonner une heure, et qu'aucun fantôme ne lui apparut, il fut pris d'un frisson violent et se mit à trembler de tous ses membres. Cinq minutes, dix minutes, un quart d'heure se passèrent, rien ne se montra. Pendant tout ce temps, il demeura étendu sur son lit, où se réunissaient, comme en un point central, les rayons d'une lumière rougeâtre qui l'éclaira tout entier quand l'horloge annonça l'heure. Cette lumière toute seule lui causait plus d'alarmes qu'une douzaine de spectres, car il ne pouvait en comprendre ni la signification ni la cause, et parfois il craignait d'être en ce moment un cas intéressant de combustion spontanée, sans avoir au moins la consolation de le savoir. A la fin, cependant, il commença à penser, comme vous et moi l'aurions pensé d'abord (car c'est toujours la personne qui ne se trouve point dans l'embarras, qui sait ce qu'on aurait dû faire alors, et ce qu'elle aurait fait incontestablement); à la fin, dis-je, il commença à penser que le foyer mystérieux de cette lumière fantastique pourrait être dans la chambre voisine, d'où, en la suivant pour ainsi dire à la trace, on reconnaissait qu'elle semblait s'échapper. Cette idée s'empara si complètement de son esprit, qu'il se leva aussitôt tout doucement, mit ses pantoufles, et se glissa sans bruit du côté de la porte.

Au moment où Scrooge mettait la main sur la serrure, une voix étrange l'appela par son nom et lui dit d'entrer. Il obéit.

C'était bien son salon; il n'y avait pas le moindre doute à cet égard; mais son salon avait subi une transformation surprenante. Les murs et le plafond étaient si richement décorés de guirlandes de feuillages verdoyant, qu'on eût dit un bosquet véritable dont toutes les branches reluisaient de baies cramoisies. Les feuilles lustrées du houx, du gui et du lierre reflétaient la lumière, comme si on y avait suspendu une infinité de petits miroirs; dans la cheminée flambait un feu magnifique, tel que ce foyer morne et froid comme la pierre n'en avait jamais connu au temps de Scrooge ou de Marley, ni depuis bien des hivers. On voyait, entassés sur le plancher, pour former une sorte de trône, des dindes, des oies, du gibier de toute espèce, des volailles grasses, des viandes froides, des cochons de lait, des jambons, des aunes de saucisses, des pâtés de hachis, des plum-poudings, des barils d'huîtres, des marrons rôtis, des pommes vermeilles, des oranges juteuses, des poires succulentes, d'immenses gâteaux des rois et des bols de punch bouillant qui obscurcissaient la chambre de leur délicieuse vapeur. Un joyeux géant, superbe à voir, s'étalait à l'aise sur ce lit de repos; il portait à la main une torche allumée, dont la forme se rapprochait assez d'une corne d'abondance, et il l'éleva au-dessus de sa tête pour que sa lumière vint frapper Scrooge, lorsque ce dernier regarda au travers de la porte entrebâillée.

«Entrez! s'écria le fantôme. Entrez! N'ayez pas peur de faire plus ample connaissance avec moi, mon ami!»

Scrooge entra timidement, inclinant la tête devant l'esprit. Ce n'était plus le Scrooge rechigné d'autrefois ; et, quoique les yeux du spectre fussent doux et bienveillants, il baissait les siens devant lui.

« Je suis l'Esprit de Noël présent, dit le fantôme. Regardez-moi ! »

Scrooge obéit avec respect. Ce Noël-là était vêtu d'une simple robe, ou tunique, d'un vert foncé, bordée d'une fourrure blanche. Elle retombait si négligemment sur son corps, que sa large poitrine demeurait découverte, comme s'il eût dédaigné de chercher à se cacher ou à se garantir par aucun artifice. Ses pieds, qu'on pouvait voir sous les amples plis de cette robe, étaient nus pareillement ; et, sur sa tête, il ne portait pas d'autre coiffure qu'une couronne de houx, semée çà et là de petits glaçons brillants. Les longues boucles de sa chevelure brune flottaient en liberté ; elles étaient aussi libres que sa figure était franche, son œil étincelant, sa main ouverte, sa voix joyeuse, ses manières dépouillées de toute contrainte et son air riant. Un antique fourreau était suspendu à sa ceinture, mais sans épée, et à demi rongé par la rouille.

« Vous n'avez encore jamais vu mon semblable ! s'écria l'esprit.

— Jamais, répondit Scrooge.

— Est-ce que vous n'avez jamais fait route avec les plus jeunes membres de ma famille ; je veux dire (car je suis très jeune) mes frères aînés de ces dernières années ? poursuivit le fantôme.

— Je ne le crois pas, dit Scrooge. J'ai peur que non. Est-ce que vous avez eu beaucoup de frères, Esprit ?

— Plus de dix-huit cents, dit le spectre.

— Une famille terriblement nombreuse, quelle dépense ! » murmura Scrooge.

Le fantôme de Noël présent se leva.

« Esprit, dit Scrooge avec soumission, conduisez-moi où vous voudrez. Je suis sorti la nuit dernière malgré moi, et j'ai reçu une leçon qui commence à porter son fruit. Ce soir, si vous avez quelque chose à m'apprendre, je ne demande pas mieux que d'en faire mon profit.

— Touchez ma robe ! »

Scrooge obéit et se cramponna à sa robe : houx, gui, baies rouges, lierre, dindes, oies, gibier, volailles, jambons, viandes, cochons de lait, saucisses, huîtres, pâtés, poudings, fruits et punch, tout s'évanouit à l'instant. La chambre, le feu, la lueur rougeâtre, la nuit disparurent de même : ils se trouvèrent dans les rues de la ville, le matin de Noël, où les gens, sous l'impression d'un froid un peu vif, faisaient partout un genre de musique, quelque peu sauvage, mais avec un entrain dont le bruit n'était pas sans charme, en raclant la neige qui couvrait les trottoirs devant leur maison, ou en la balayant de leurs gouttières, d'où elle tombait dans la rue à la grande joie des enfants ravis de la voir ainsi rouler en autant de petites avalanches artificielles.

Les façades des maisons paraissaient bien noires et les fenêtres encore davantage, par le contraste qu'elles offraient avec la nappe de neige unie et blanche qui s'étendait sur les toits, et celle même qui recouvrait la terre, quoiqu'elle fût moins virginale ; car la couche supérieure en avait été comme labourée en sillons profonds par les roues pesantes des charrettes et des voitures ; ces ornières légères se croisaient et se recroisaient l'une l'autre des milliers de fois aux carrefours des principales rues, et formaient un labyrinthe inextricable de rigoles entremêlées, à travers la bourbe jaunâtre durcie sous sa surface, et l'eau congelée par le froid. Le ciel était sombre ; les rues les plus étroites disparaissaient enveloppées dans un épais brouillard qui tombait en verglas et dont les atomes les plus pesants descendaient en une averse de suie, comme si toutes les cheminées de la Grande-Bretagne avaient pris feu, de concert, et se ramonaient elles-mêmes à cœur joie. Londres, ni son climat, n'avaient rien de bien agréable. Cependant on remarquait partout dehors un air d'allégresse, que le plus beau jour et le plus brillant soleil d'été se seraient en vain efforcés d'y répandre.

En effet, les hommes qui déblayaient les toits paraissaient joyeux et de bonne humeur ; ils s'appelaient d'une maison à l'autre, et de temps en temps échangeaient en plaisantant une boule de neige (projectile assurément plus inoffensif que maint sarcasme), riant de tout leur cœur quand elle atteignait le but, et de grand cœur aussi quand elle venait à le manquer.

Les boutiques de marchands de volailles étaient encore à moitié ouvertes, celles des fruitiers brillaient de toute leur splendeur. Ici de gros paniers, ronds, au ventre rebondi, pleins de superbes marrons, s'étalant sur les portes, comme les larges gilets de ces bons vieux gastronomes s'étalent sur leur abdomen, semblaient prêts à tomber dans la rue, victimes de leur corpulence apoplectique ; là des oignons d'Espagne rougeâtres, hauts en couleur, aux larges flancs, rappelant par cet embonpoint heureux les moines de leur patrie, et lançant, du haut de leurs tablettes, d'agaçantes œillades aux jeunes filles qui passaient en jetant un coup d'œil discret sur les branches de gui suspendues en guirlandes ; puis encore, des poires, des pommes amoncelées en pyramides appétissantes ; des grappes de raisin, que les marchands avaient eu l'attention délicate de suspendre aux endroits les plus exposés à la vue, afin que les amateurs se sentissent venir l'eau à la bouche, et pussent se rafraîchir gratis en passant; des tas de noisettes, moussues et brunes, faisant souvenir, par leur bonne odeur, d'anciennes promenades dans les bois, où l'on avait le plaisir d'enfoncer jusqu'à la cheville au milieu des feuilles sèches; des *biffins* de Norfolk, dodues et brunes, qui faisaient ressortir la teinte dorée des oranges et des citrons, et semblaient se recommander avec instance par leur volume et leur apparence juteuse, pour qu'on les emportât dans des sacs de papier, afin de les manger au dessert. Les poissons d'or et d'argent, eux-mêmes, exposés dans des bocaux parmi ces fruits de choix, quoique appartenant à une race triste et apathique, paraissaient s'apercevoir, tout poissons qu'ils étaient, qu'il se passait quelque chose d'extraordinaire, allaient et venaient, ouvrant la bouche tout autour de leur petit univers, dans un état d'agitation hébétée.

Et les épiciers donc! oh! les épiciers! leurs boutiques étaient presque fermées, moins peut-être un volet ou deux demeurés ouverts; mais que de belles choses se laissaient voir à travers ces étroites lacunes! Ce n'était pas seulement le son joyeux des balances retombant sur le comptoir, ou le craquement de la ficelle sous les ciseaux qui la séparent vivement de sa bobine pour envelopper les paquets, ni le cliquetis incessant des boîtes de fer-blanc pour servir le thé ou le moka aux pratiques. Pan, pan, sur le comptoir; parais, disparais, elles voltigeaient entre les mains des garçons comme les gobelets d'un escamoteur; ce n'étaient pas seulement les parfums mélangés du thé et du café si agréables à l'odorat, les raisins secs si beaux et si abondants, les amandes d'une si éclatante blancheur, les bâtons de cannelle si longs et si droits, les autres épices si délicieuses, les fruits confits si bien glacés et tachetés de sucre candi, que leur vue seule bouleversait les spectateurs les plus indifférents et les faisait sécher d'envie ; ni les figues moites et charnues, ou les pruneaux de Tours et d'Agen, à la rougeur modeste, au goût acidulé, dans leurs corbeilles richement décorées, ni enfin toutes ces bonnes choses ornées de leur parure de fête ; mais il fallait voir les pratiques, si empressées et si avides de réaliser les espérances du jour, qu'elles se bousculaient à la porte, heurtaient violemment l'un contre l'autre leurs paniers de provisions, oubliaient leurs emplettes sur le comptoir, revenaient les chercher en courant, et commettaient mille erreurs semblables de la meilleure humeur du monde, tandis que l'épicier et ses garçons montraient tant de franchise et de rondeur, que les cœurs de cuivre poli avec lesquels ils tenaient attachées par-derrière leurs serpillières, étaient l'image de leurs propres cœurs exposés au public pour passer une inspection générale... de beaux cœurs dorés, des cœurs à prendre, si vous voulez, mesdemoiselles !

Mais bientôt les cloches appelèrent les bonnes gens à l'église ou à la chapelle ; ils sortirent par troupes pour s'y rendre, remplissant les rues, dans leurs plus beaux habits, et avec leurs plus joyeux visages. Au même moment, d'une quantité de petites rues latérales, de passages et de cours sans nom, s'élancèrent une multitude innombrable de personnes, portant leur dîner chez le boulanger pour le mettre au four. La vue de ces pauvres gens chargés de leurs festins parut beaucoup intéresser l'esprit, car il se tint, avec Scrooge à ses côtés, sur le seuil d'une boulangerie, et soulevant le couvercle des plats à mesure qu'ils passaient, il arrosait d'encens leur dîner avec sa torche. C'était, en vérité, une torche fort extraordinaire que la sienne, car, une fois ou deux, quelques porteurs de dîners s'étant adressé des paroles de colère pour s'être heurtés un peu rudement dans leur empressement, il en fit tomber sur eux quelques gouttes d'eau ; et aussitôt ces hommes reprirent toute leur bonne humeur, s'écriant que c'était une honte de se quereller un jour de Noël. Et rien de plus vrai ! mon Dieu ! rien de plus vrai !

Peu à peu les cloches se turent, les boutiques de boulangers se fermèrent, mais il y avait comme un avant-goût réjouissant de tous ces dîners et des progrès de leur cuisson dans la vapeur humide qui dégelait en l'air le dessus de chaque four, dont le carreau fumait comme s'il cuisait avec les plats.

« Y a-t-il donc une saveur particulière dans ces gouttes que vous faites tomber de votre torche en la secouant ? demanda Scrooge.

— Certainement, il y a ma saveur, à moi.

— Est-ce qu'elle peut se communiquer à toute espèce de dîner aujourd'hui ? demanda Scrooge.

— A tout dîner offert cordialement, et surtout aux plus pauvres.

— Pourquoi aux plus pauvres ?

— Parce que ce sont ceux qui en ont le plus besoin.

— Esprit, dit Scrooge après un instant de réflexion, je m'étonne alors que, parmi tous les êtres qui remplissent les mondes situés autour de nous, des esprits comme vous se soient chargés d'une commission si peu charitable ; celle de priver ces pauvres gens des occasions qui s'offrent à eux de prendre un plaisir innocent.

— Moi ? s'écria l'esprit.

— Oui, puisque vous les privez du moyen de dîner tous les huit jours, et cela le seul jour souvent où l'on puisse dire qu'ils dînent, continua Scrooge. N'est-ce pas vrai ?

— Moi ! s'écria l'esprit.

— Certainement ; n'est-ce pas vous qui cherchez à

faire fermer ces fours le jour du sabbat ? dit Scrooge. Et cela ne revient-il pas au même ?

— Moi ! je cherche cela ! s'écria l'esprit.

— Pardonnez-moi, si je me trompe. Cela se fait en votre nom ou, du moins, au nom de votre famille, dit Scrooge.

— Il y a, répondit l'esprit, sur cette terre où vous habitez, des hommes qui ont la prétention de nous connaître, et qui, sous notre nom, ne font que servir leurs passions coupables, l'orgueil, la méchanceté, la haine, l'envie, la bigoterie et l'égoïsme ; mais ils sont aussi étrangers à nous et à toute notre famille que s'ils n'avaient jamais vu le jour. Rappelez-vous cela, et une autre fois rendez-les responsables de leurs actes, mais non pas nous. »

Scrooge le lui promit ; alors, ils se transportèrent, invisibles comme ils l'avaient été jusque-là, dans les faubourgs de la ville. Une faculté remarquable du spectre (Scrooge l'avait observé déjà chez le boulanger) était de pouvoir, nonobstant sa taille gigantesque, s'arranger de toute place, sans être gêné, en sorte que, sous le toit le plus bas, il conservait la même grâce, la même majesté surnaturelle qu'il eût pu le faire sous la voûte la plus élevée d'un palais.

Peut-être était-ce le plaisir qu'éprouvait le bon esprit à faire montre de cette faculté singulière, ou bien encore la tendance de sa nature bienveillante, généreuse, cordiale et sa sympathie pour les pauvres, qui le conduisit tout droit chez le commis de Scrooge ; c'est là, en effet, qu'il porta ses pas, emmenant avec lui Scrooge, toujours cramponné à sa robe. Sur le seuil de la porte, l'esprit sourit et s'arrêta pour bénir, en l'aspergeant de sa torche, la demeure de Bob Cratchit. Voyez ! Bob n'avait lui-même que quinze *Bob*[1]

1. Bob, nom populaire pour exprimer un schilling.

par semaine; chaque samedi il n'empochait que quinze exemplaires de son nom de baptême, et pourtant le fantôme de Noël présent n'en bénit pas moins sa petite maison composée de quatre chambres!

Alors se leva mistress Cratchit, la femme de Cratchit, pauvrement vêtue d'une robe retournée, mais, en revanche, toute parée de rubans bon marché, de ces rubans qui produisent, ma foi, un joli effet, pour la bagatelle de douze sous. Elle mettait le couvert, aidée de Belinda Cratchit, la seconde de ses filles, tout aussi enrubannée que sa mère, tandis que maître Pierre Cratchit plongeait une fourchette dans la marmite remplie de pommes de terre et ramenait jusque dans sa bouche les coins de son monstrueux col de chemise, pas précisément *son* col de chemise, car c'était celle de son père; mais Bob l'avait prêtée ce jour-là, en l'honneur de Noël, à son héritier présomptif, lequel, heureux de se voir si bien attifé, brûlait d'aller montrer son linge dans les parcs fashionables. Et puis deux autres petits Cratchit, garçon et fille, se précipitèrent dans la chambre en s'écriant qu'ils venaient de flairer l'oie, devant la boutique du boulanger, et qu'ils l'avaient bien reconnue pour la leur. Ivres d'avance de la pensée d'une bonne sauce à la sauge et à l'oignon, les petits gourmands se mirent à danser de joie autour de la table, et portèrent aux nues maître Pierre Cratchit, le cuisinier du jour, tandis que ce dernier (pas du tout fier, quoique son col de chemise fût si copieux, qu'il menaçait de l'étouffer) soufflait le feu, jusqu'à ce que les pommes de terre en retard rattrapèrent le temps perdu et vinrent taper, en bouillant, au couvercle de la casserole, pour avertir qu'elles étaient bonnes à retirer et à peler.

« Qu'est-ce qui peut donc retenir votre excellent père ? dit mistress Cratchit. Et votre frère Tiny Tim ?

et Martha ? Au dernier Noël, elle était déjà arrivée depuis une demi-heure !

— La voici, Martha, mère ! s'écria une jeune fille qui parut en même temps.

— Voici Martha, mère ! répétèrent les deux petits Cratchit. Hourra ! si vous saviez comme il y a une belle oie, Martha !

— Ah ! chère enfant, que le bon Dieu vous bénisse ! Comme vous venez tard ! dit mistress Cratchit l'embrassant une douzaine de fois et la débarrassant de son châle et de son chapeau avec une tendresse empressée.

— C'est que nous avions beaucoup d'ouvrage à terminer hier soir, ma mère, répondit la jeune fille, et, ce matin, il a fallu le livrer !

— Bien ! bien ! n'y pensons plus, puisque vous voilà, dit mistress Cratchit. Allons ! asseyez-vous près du feu et chauffez-vous, ma chère enfant !

— Non, non ! voici papa qui vient, crièrent les deux petits Cratchit qu'on voyait partout en même temps. Cache-toi, Martha, cache-toi ! »

Et Martha se cacha ; puis entra le petit Bob, le père Bob avec son cache-nez pendant de trois pieds au moins devant lui, sans compter la frange ; ses habits usés jusqu'à la corde étaient raccommodés et brossés soigneusement, pour leur donner un air de fête ; Bob portait Tiny Tim sur son épaule. Hélas ! le pauvre Tiny Tim ! il avait une petite béquille et une mécanique en fer pour soutenir ses jambes.

« Eh bien ! où est notre Martha ? s'écria Bob Cratchit en jetant les yeux tout autour de lui.

— Elle ne vient pas, répondit mistress Cratchit.

— Elle ne vient pas ? dit Bob, frappé d'un abattement soudain, et perdant, en un clin d'œil, tout cet élan de gaieté avec lequel il avait porté Tiny Tim depuis l'église, toujours courant comme son dada, un vrai cheval de course. Elle ne vient pas ! un jour de Noël ! »

Martha ne put supporter de le voir ainsi contrarié, même pour rire ; aussi n'attendit-elle pas plus longtemps pour sortir de sa cachette, derrière la porte du cabinet, et courut-elle se jeter dans ses bras, tandis que les deux petits Cratchit s'emparèrent de Tiny Tim et le portèrent dans la buanderie, afin qu'il pût entendre le pouding chanter dans la casserole.

« Et comment s'est comporté le petit Tiny Tim ? demanda mistress Cratchit après qu'elle eut raillé Bob de sa crédulité et que Bob eut embrassé sa fille tout à son aise.

— Comme un vrai bijou, dit Bob, et mieux encore. Obligé qu'il est de demeurer si longtemps assis tout seul, il devient réfléchi, et on ne saurait croire toutes les idées qui lui passent par la tête. Il me disait, en revenant, qu'il espérait avoir été remarqué dans l'église par les fidèles, parce qu'il est estropié, et que les chrétiens doivent aimer, surtout un jour de Noël, à se rappeler celui qui a fait marcher les boiteux et voir les aveugles. »

La voix de Bob tremblait en répétant ces mots ; elle trembla plus encore quand il ajouta que Tiny Tim devenait chaque jour plus fort et plus vigoureux.

On entendit retentir sur le plancher son active petite béquille, et, à l'instant, Tiny Tim rentra, escorté par le petit frère et la petite sœur jusqu'à son tabouret près du feu. Alors Bob, retroussant ses manches par économie, comme si, le pauvre garçon ! elles pouvaient s'user davantage, prit du genièvre et des citrons et en composa dans un bol une sorte de boisson chaude, qu'il fit mijoter sur la plaque après l'avoir agitée dans tous les sens ; pendant ce temps, maître Pierre et les deux petits Cratchit, qu'on était sûr de trouver partout, allèrent chercher l'oie, qu'ils rapportèrent bientôt en procession triomphale.

A voir le tumulte causé par cette apparition, on aurait dit qu'une oie est le plus rare de tous les volatiles, un phénomène emplumé, auprès duquel un cygne noir serait un lieu commun; et, en vérité, une oie était bien en effet une des sept merveilles dans cette pauvre maison. Mistress Cratchit fit bouillir le jus, préparé d'avance, dans une petite casserole; maître Pierre écrasa les pommes de terre avec une vigueur incroyable; miss Belinda sucra la sauce aux pommes; Martha essuya les assiettes chaudes; Bob fit asseoir Tiny Tim près de lui à l'un des coins de la table; les deux petits Cratchit placèrent des chaises pour tout le monde, sans s'oublier eux-mêmes, et une fois en faction à leur poste, fourrèrent leurs cuillers dans leur bouche, pour ne point céder à la tentation de demander de l'oie avant que vînt leur tour d'être servis. Enfin, les plats furent mis sur la table, et l'on dit le bénédicité suivi d'un moment de silence général, lorsque mistress Cratchit, promenant lentement son regard le long du couteau à découper, se prépara à le plonger dans les flancs de la bête; mais à peine l'eut-elle fait, à peine la farce si longtemps attendue se fut-elle précipitée par cette ouverture, qu'un murmure de bonheur éclata tout autour de la table, et Tiny Tim lui-même, excité par les deux petits Cratchit, frappa sur la table avec le manche de son couteau, et cria d'une voix faible: «Hourra!»

Jamais on ne vit oie pareille! Bob dit qu'il ne croyait pas qu'on en eût jamais fait cuire une semblable. Sa tendreté, sa saveur, sa grosseur, son bon marché furent le texte commenté par l'admiration universelle; avec la sauce aux pommes et la purée de pommes de terre, elle suffit amplement pour le dîner de toute la famille. «En vérité, dit mistress Cratchit, apercevant un petit atome d'os resté sur un plat, on n'a pas seulement pu manger tout », et pourtant tout le monde en avait eu à bouche que veux-tu ; et les deux petits Cratchit, en particulier, étaient barbouillés jusqu'aux yeux de sauce à la sauge et à l'oignon. Mais alors, les assiettes ayant été changées par miss Belinda, mistress Cratchit sortit seule, trop émue pour supporter la présence de témoins, afin d'aller chercher le pouding et de l'apporter sur la table.

Supposez qu'il soit manqué ! supposez qu'il se brise quand on le retournera ! supposez que quelqu'un ait sauté par-dessus le mur de l'arrière-cour et l'ait volé pendant qu'on se régalait de l'oie ; à cette supposition, les deux petits Cratchit devinrent blêmes ! Il n'y avait pas d'horreurs dont on ne fît la supposition.

Oh ! oh ! quelle vapeur épaisse ! Le pouding était tiré du chaudron. Quelle bonne odeur de lessive ! (C'était le linge qui l'enveloppait.) Quel mélange d'odeurs appétissantes, qui rappellent le restaurateur, le pâtissier de la maison à côté et la blanchisseuse sa voisine ! C'était le pouding. Après une demi-minute à peine d'absence, mistress Cratchit rentrait, le visage animé, mais souriante et toute glorieuse, avec le pouding, semblable à un boulet de canon tacheté, si dur, si ferme, nageant au milieu d'un quart de pinte d'eau-de-vie enflammée et surmonté de la branche de houx consacrée à Noël.

Oh ! quel merveilleux pouding ! Bob Cratchit déclara, et cela d'un ton calme et sérieux, qu'il le regardait comme le chef-d'œuvre de mistress Cratchit depuis leur mariage. Mistress Cratchit répondit qu'à présent qu'elle n'avait plus ce poids sur le cœur, elle avouerait qu'elle avait eu quelques doutes sur la quantité de farine. Chacun eut quelque chose à en dire, mais personne ne s'avisa de dire, s'il le pensa, que c'était un bien petit pouding pour une si nombreuse famille. Franchement, c'eût été bien vilain de le penser ou de le dire. Il n'y a pas de Cratchit qui n'en eût rougi de honte.

Enfin, le dîner achevé, on enleva la nappe, un coup de balai fut donné au foyer et le feu ravivé. Le grog fabriqué par Bob ayant été goûté et trouvé parfait, on mit des pommes et des oranges sur la table et une grosse poignée de marrons sous les cendres. Alors toute la famille se rangea autour du foyer en cercle, comme disait Bob Cratchit, il voulait dire en demi-cercle : on mit près de Bob tous les cristaux de la famille, savoir : deux verres à boire et un petit verre à servir la crème dont l'anse était cassée. Qu'est-ce que cela dit ? Ils n'en contenaient pas moins la liqueur bouillante puisée dans le bol tout aussi bien que des gobelets d'or auraient pu le faire, et Bob la servit avec des yeux rayonnants de joie, tandis que les marrons se fendaient avec fracas et pétillaient sous la cendre. Alors Bob proposa ce toast :

« Un joyeux Noël pour nous tous, mes amis ! Que Dieu nous bénisse ! »

La famille entière fit écho.

« Que Dieu bénisse chacun de nous ! » dit Tiny Tim le dernier de tous.

Il était assis très près de son père sur son tabouret. Bob tenait sa petite main flétrie dans la sienne, comme s'il eût voulu lui donner une marque plus particulière de sa tendresse et le garder à ses côtés de peur qu'on ne vînt le lui enlever.

« Esprit, dit Scrooge avec un intérêt qu'il n'avait jamais éprouvé auparavant, dites-moi si Tiny Tim vivra.

— Je vois une place vacante au coin du pauvre foyer, répondit le spectre, et une béquille sans propriétaire qu'on garde soigneusement. Si mon successeur ne change rien à ces images, l'enfant mourra.

— Non, non, dit Scrooge. Oh! non, bon esprit! dites qu'il sera épargné.

— Si mon successeur ne change rien à ces images, qui sont l'avenir, reprit le fantôme, aucun autre de ma race ne le trouvera ici. Eh bien! après! s'il meurt, il diminuera le superflu de la population. »

Scrooge baissa la tête lorsqu'il entendit l'esprit répéter ses propres paroles, et il se sentit pénétré de douleur et de repentir.

« Homme, fit le spectre, si vous avez un cœur d'homme et non de pierre, cessez d'employer ce jargon odieux jusqu'à ce que vous ayez appris ce que c'est que ce superflu et où il se trouve. Voulez-vous donc décider quels hommes doivent vivre, quels hommes doivent mourir? Il se peut qu'aux yeux de Dieu vous soyez moins digne de vivre que des millions de créatures semblables à l'enfant de ce pauvre homme. Grand Dieu! entendre l'insecte sur la feuille déclarer qu'il y a trop d'insectes vivants parmi ses frères affamés dans la poussière! »

Scrooge s'humilia devant la réprimande de l'esprit, et, tout tremblant, abaissa ses regards vers la terre. Mais il les releva bientôt en entendant prononcer son nom.

« A M. Scrooge! disait Bob; je veux vous proposer la santé de M. Scrooge, le patron de notre petit gala.

— Un beau patron, ma foi! s'écria Mme Cratchit, rouge d'émotion; je voudrais le tenir ici, je lui en servirais un gala de ma façon, et il faudrait qu'il eût bon appétit pour s'en régaler!

— Ma chère, reprit Bob...; les enfants!... le jour de Noël!

— Il faut, en effet, que ce soit le jour de Noël, continua-t-elle, pour qu'on boive à la santé d'un homme aussi odieux, aussi avare, aussi dur et aussi insensible que M. Scrooge. Vous savez s'il est tout cela, Robert ! Personne ne le sait mieux que vous, pauvre ami !

— Ma chère, répondit Bob doucement... le jour de Noël !

— Je boirai à sa santé pour l'amour de vous et en l'honneur de ce jour, dit mistress Cratchit, mais non pour lui. Je lui souhaite donc une longue vie, joyeux Noël et heureuse année ! Voilà-t-il pas de quoi le rendre bienheureux et bien joyeux ! J'en doute. »

Les enfants burent à la santé de M. Scrooge après leur mère ; c'était la première chose qu'ils ne fissent pas ce jour-là de bon cœur ; Tiny Tim but le dernier, mais il aurait bien donné son toast pour deux sous. Scrooge était l'ogre de la famille ; la mention de son nom jeta sur cette petite fête un sombre nuage qui ne se dissipa complètement qu'après cinq grandes minutes.

Ce temps écoulé, ils furent dix fois plus gais qu'avant, dès qu'on en eut entièrement fini avec cet épouvantail de Scrooge. Bob Cratchit leur apprit qu'il avait en vue pour Master Pierre une place qui lui rapporterait, en cas de réussite, cinq schillings six pence par semaine. Les deux petits Cratchit rirent comme des fous en pensant que Pierre allait entrer dans les affaires, et Pierre lui-même regarda le feu d'un air pensif entre les deux pointes de son col, comme s'il se consultait déjà pour savoir quelle sorte de placement il honorerait de son choix quand il serait en possession de ce revenu embarrassant.

Martha, pauvre apprentie chez une marchande de modes, raconta alors quelle espèce d'ouvrage elle avait à faire, combien d'heures elle travaillait sans s'arrêter, et se réjouit d'avance à la pensée qu'elle pourrait demeurer fort tard au lit le lendemain matin, jour de repos passé à la maison. Elle ajouta qu'elle avait vu, peu de jours auparavant, une comtesse et un lord, et que le lord était bien à peu près de la taille de Pierre ; sur quoi Pierre tira si haut son col de chemise, que vous n'auriez pu apercevoir sa tête si vous aviez été là. Pendant tout ce temps, les marrons et le pot au grog circulaient à la ronde, puis Tiny Tim se mit à chanter une ballade sur un enfant égaré au milieu des neiges ; Tiny Tim avait une petite voix plaintive et chanta sa romance à merveille, ma foi !

Il n'y avait rien dans tout cela de bien aristocratique. Ce n'était pas une belle famille ; ils n'étaient bien vêtus ni les uns ni les autres ; leurs souliers étaient loin d'être imperméables ; leurs habits n'étaient pas cossus ; Pierre pouvait bien même avoir fait la connaissance, j'en mettrais ma main au feu, avec la boutique de quelque fripier. Cependant ils étaient heureux, reconnaissants, charmés les uns des autres et contents de leur sort ; et au moment où Scrooge les quitta, ils semblaient de plus en plus heureux encore à la lueur des étincelles que la torche de l'esprit répandait sur eux ; aussi les suivit-il du regard, et en particulier Tiny Tim, sur lequel il tint l'œil fixé jusqu'au bout.

Cependant la nuit était venue, sombre et noire ; la neige tombait à gros flocons, et, tandis que Scrooge parcourait les rues avec l'esprit, l'éclat des feux pétillait dans les cuisines, dans les salons, partout, avec un effet merveilleux. Ici, la flamme vacillante laissait voir les préparatifs d'un bon petit dîner de famille ; avec les assiettes qui chauffaient devant le feu, et des rideaux épais d'un rouge foncé, qu'on allait tirer bientôt pour empêcher le froid et l'obscurité de la rue. Là, tous les enfants de la maison s'élançaient dehors dans la neige au-devant de leurs sœurs mariées, de leurs frères, de leurs cousins, de leurs oncles, de leurs tantes, pour être les premiers à leur dire bonjour. Ailleurs, les silhouettes des convives réunis se dessinaient sur les stores. Un groupe de belles jeunes filles, encapuchonnées, chaussées de souliers fourrés, et causant toutes à la fois, se rendaient d'un pied léger chez quelque voisin; malheur alors au célibataire (les rusées magiciennes, elles le savaient bien!) qui les y verrait faire leur entrée avec leur teint vermeil animé par le froid!

A en juger par le nombre de ceux qu'ils rencontraient sur leur route se rendant à d'amicales réunions, vous auriez pu croire qu'il ne restait plus personne dans les maisons pour leur donner la bienvenue à leur arrivée, quoique ce fût tout le contraire; pas une maison où l'on n'attendît compagnie, pas une cheminée où l'on n'eût empilé le charbon jusqu'à la gorge. Aussi, Dieu du ciel! comme l'esprit était ravi d'aise! comme il découvrait sa large poitrine! comme il ouvrait sa vaste main! comme il planait au-dessus de cette foule, déversant avec générosité sa joie vive et innocente sur tout ce qui se trouvait à sa portée! Il n'y eut pas jusqu'à l'allumeur de réverbères qui, dans sa course devant lui, marquant de points lumineux les rues ténébreuses, tout habillé déjà pour aller passer sa soirée quelque part, ne se mît à rire aux éclats lorsque l'esprit passa près de lui, bien qu'il ne sût pas, le brave homme, qu'il eût en ce moment pour compagnie Noël en personne.

Tout à coup, sans que le spectre eût dit un seul mot pour préparer son compagnon à ce brusque changement, ils se trouvèrent au milieu d'un marais triste, désert, parsemé de monstrueux tas de pierres brutes, comme si c'eût été un cimetière de géants; l'eau s'y répandait partout où elle voulait, elle n'avait pas d'autre obstacle que la gelée qui la retenait prisonnière; il ne venait rien en ce triste lieu, si ce n'est de la mousse, des genêts et une herbe chétive et rude. A l'horizon, du côté de l'ouest, le soleil couchant avait laissé une traînée de feu d'un rouge ardent qui illumina un instant ce paysage désolé, comme le regard étincelant d'un œil sombre, dont les paupières s'abaissent peu à peu, jusqu'à se fermer tout à fait, et qui finit par se perdre complètement dans l'obscurité d'une nuit épaisse.

« Où sommes-nous ? demanda Scrooge.

— Nous sommes où vivent les mineurs, ceux qui travaillent dans les entrailles de la terre, répondit l'esprit ; mais ils me reconnaissent. Regardez ! »

Une lumière brilla à la fenêtre d'une pauvre hutte, et ils se dirigèrent rapidement de ce côté. Passant à travers le mur de pierres et de boue, ils trouvèrent une joyeuse compagnie assemblée autour d'un feu splendide. Un vieux, vieux bonhomme et sa femme, leurs enfants, leurs petits-enfants, et une autre génération encore, étaient tous là réunis, vêtus de leurs habits de fête. Le vieillard, d'une voix qui s'élevait rarement au-dessus des sifflements aigus du vent sur la lande déserte, leur chantait un Noël (déjà fort ancien lorsqu'il n'était lui-même qu'un tout petit enfant) ; de temps en temps ils reprenaient tous ensemble le refrain. Chaque fois qu'ils chantaient, le vieillard sentait redoubler sa vigueur et sa verve ; mais chaque fois, dès qu'ils se taisaient, il retombait dans sa première faiblesse.

L'esprit ne s'arrêta pas en cet endroit, mais ordonna à Scrooge de saisir fortement sa robe et le transporta, en passant au-dessus du marais, où ? Pas à la mer, sans doute ? Si, vraiment, à la mer. Scrooge, tournant la tête, vit avec horreur, bien loin derrière eux, la dernière langue de terre, une rangée de rochers affreux ; ses oreilles furent assourdies par le bruit des flots qui tourbillonnaient, mugissaient avec le fracas du tonnerre et venaient se briser au sein des épouvantables cavernes qu'ils avaient creusées, comme si, dans les accès de sa rage, la mer eût essayé de miner la terre.

Bâti sur le triste récif d'un rocher à fleur d'eau, à quelques lieues du rivage, et battu par les eaux tout le long de l'année avec un acharnement furieux, se dressait un phare solitaire. D'énormes tas de plantes marines s'accumulaient à sa base, et les oiseaux des tempêtes, engendrés par les vents, peut-être comme les algues par les eaux, voltigeaient alentour, s'élevant et s'abaissant tour à tour, comme les vagues qu'ils effleuraient dans leur vol.

Mais même en ce lieu, deux hommes chargés de la garde du phare avaient allumé un feu qui jetait un rayon de clarté sur l'épouvantable mer, à travers l'ouverture pratiquée dans l'épaisse muraille. Joignant leurs mains calleuses par-dessus la table grossière devant laquelle ils étaient assis, ils se souhaitaient l'un à l'autre un joyeux Noël en buvant leur grog, et le plus âgé des deux dont le visage était racorni et couturé par les intempéries de l'air, comme une de ces figures sculptées à la proue d'un vieux bâtiment, entonna de sa voix rauque un chant sauvage qu'on aurait pu prendre lui-même pour un coup de vent pendant l'orage.

Le spectre allait toujours au-dessus de la mer sombre et houleuse, toujours, toujours, jusqu'à ce que dans son vol rapide, bien loin de la terre et de tout rivage, comme il l'apprit à Scrooge, ils s'abattirent sur un vaisseau et se placèrent tantôt près du timonier à la roue du gouvernail, tantôt à la vigie sur l'avant, ou à côté des officiers de quart, visitant ces sombres et fantastiques figures dans les différents postes où ils montaient leur faction. Mais chacun de ces hommes fredonnait un chant de Noël, ou pensait à Noël, ou rappelait à voix basse à son compagnon quelque Noël passé, avec les espérances qui s'y rattachent d'un retour heureux au sein de la famille. Tous, à bord, éveillés ou endormis, bons ou méchants, avaient échangé les uns avec les autres, ce matin-là, une parole plus bienveillante qu'en aucun autre jour de l'année; tous avaient pris une part plus ou moins grande à ses joies; ils s'étaient tous souvenus de leurs parents ou de leurs amis absents, comme ils avaient espéré tous qu'à leur tour ceux qui leur étaient chers éprouvaient dans le même moment le même plaisir à penser à eux.

Ce fut une grande surprise pour Scrooge, tandis qu'il prêtait l'oreille aux gémissements plaintifs du vent, et qu'il songeait à ce qu'avait de solennel un semblable voyage au milieu des ténèbres, par-dessus des abîmes inconnus dont les profondeurs étaient des secrets aussi impénétrables que la mort; ce fut une grande surprise pour Scrooge, ainsi plongé dans ses réflexions, d'entendre un rire joyeux. Mais sa surprise devint bien plus grande encore quand il reconnut que cet éclat de rire avait été poussé par son neveu, et se vit lui-même dans une chambre parfaitement éclairée, chaude, brillante de propreté, avec l'esprit à ses côtés, souriant et jetant sur ce même neveu des regards pleins de douceur et de complaisance.

«Ah! ah! ah! faisait le neveu de Scrooge. Ah! ah! ah!»

S'il vous arrivait, par un hasard peu probable, de rencontrer un homme qui sût rire de meilleur cœur que le neveu de Scrooge, tout ce que je puis vous dire, c'est que j'aimerais à faire aussi sa connaissance. Faites-moi le plaisir de me le présenter, et je cultiverai sa société.

Par une heureuse, juste et noble compensation des choses d'ici-bas, si la maladie et le chagrin sont contagieux, il n'y a rien qui le soit plus irrésistiblement aussi que le rire et la bonne humeur. Pendant que le neveu de Scrooge riait de cette manière, se tenant les côtes, et faisant faire à son visage les contorsions les plus extravagantes, la nièce de Scrooge, sa nièce par alliance, riait d'aussi bon cœur que lui ; leurs amis réunis chez eux n'étaient pas le moins du monde en arrière et riaient également à gorge déployée. Ah ! ah ! ah ! ah ! ah ! ah !

« Oui, ma parole d'honneur, il m'a dit, s'écria le neveu de Scrooge, que Noël était une sottise. Et il le pensait !

— Ce n'en est que plus honteux pour lui, Fred ! » dit la nièce de Scrooge avec indignation. Car, parlez-moi des femmes, elles ne font jamais rien à demi ; elles prennent tout au sérieux.

La nièce de Scrooge était jolie, excessivement fort jolie, avec un charmant visage, un air naïf, candide : une ravissante petite bouche qui semblait faite pour être baisée, et elle l'était, sans aucun doute ; sur le menton, quantité de petites fossettes qui se fondaient l'une dans l'autre lorsqu'elle riait, et les deux yeux les plus vifs, les plus pétillants que vous ayez jamais vus illuminer la tête d'une jeune fille ; en un mot, sa beauté avait quelque chose de provocant peut-être, mais on voyait bien aussi qu'elle était prête à donner satisfaction. Oh ! mais, satisfaction complète.

« C'est un drôle de corps, le vieux bonhomme ! dit le neveu de Scrooge ; c'est vrai, et il pourrait être plus agréable, mais ses défauts portent avec eux leur propre châtiment, et je n'ai rien à dire contre lui.

— Je crois qu'il est très riche, Fred ? poursuivit la nièce de Scrooge ; au moins, vous me l'avez toujours dit.

— Qu'importe sa richesse, ma chère amie, reprit son mari ; elle ne lui est d'aucune utilité ; il ne s'en sert pour faire du bien à personne, pas même à lui. Il n'a pas seulement la satisfaction de penser... ah! ah! ah!... que c'est nous qu'il en fera profiter bientôt.

— Tenez! je ne peux pas le souffrir», continua la nièce. Les sœurs de la nièce de Scrooge et toutes les autres dames présentes exprimèrent la même opinion.

«Oh! bien, moi, dit le neveu, je suis plus tolérant que vous; j'en suis seulement peiné pour lui, et jamais je ne pourrais lui en vouloir quand même j'en aurais envie, car enfin, qui souffre de ses boutades et de sa mauvaise humeur? Lui, lui seul. Ce que j'en dis, ce n'est pas parce qu'il s'est mis en tête de ne pas nous aimer assez pour venir dîner avec nous; car après tout, il n'a perdu qu'un méchant dîner...

— Vraiment! eh bien! je pense, moi, qu'il perd un fort bon dîner», dit sa petite femme l'interrompant. Tous les convives furent du même avis, et on doit reconnaître qu'ils étaient juges compétents en cette matière, puisqu'ils venaient justement de le manger; dans ce moment, le dessert était encore sur la table, et ils se pressaient autour du feu, à la lueur de la lampe.

«Ma foi! je suis enchanté de l'apprendre, reprit le neveu de Scrooge, parce que je n'ai pas grande confiance dans le talent de ces jeunes ménagères. Qu'en dites-vous, Topper?»

Topper avait évidemment jeté les yeux sur une des sœurs de la nièce de Scrooge, car il répondit qu'un célibataire était un misérable paria qui n'avait pas le droit d'exprimer une opinion sur ce sujet; et là-dessus, la sœur de la nièce de Scrooge, la petite femme rondelette que vous voyez là-bas avec un fichu de dentelles, pas celle qui porte à la main un bouquet de roses, se mit à rougir.

«Continuez donc ce que vous alliez nous dire, Fred, dit la petite femme en frappant des mains. Il n'achève jamais ce qu'il a commencé ! Que c'est donc ridicule ! »

Le neveu de Scrooge s'abandonna bruyamment à un nouvel accès d'hilarité, et, comme il était impossible de se préserver de la contagion, quoique la petite sœur potelée essayât apparemment de le faire en respirant force vinaigre aromatique, tout le monde sans exception suivit son exemple.

« J'allais ajouter seulement, dit le neveu de Scrooge, qu'en nous faisant mauvais visage et en refusant de venir se réjouir avec nous, il perd quelques moments de plaisir qui ne lui auraient pas fait de mal. A coup sûr il se prive d'une compagnie plus agréable qu'il ne saurait en trouver dans ses propres pensées, dans son vieux comptoir humide ou au milieu de ses chambres poudreuses. Cela n'empêche pas que je compte bien lui offrir chaque année la même chance, que cela lui plaise ou non, car j'ai pitié de lui. Libre à lui de se moquer de Noël jusqu'à sa mort, mais il ne pourra s'empêcher d'en avoir meilleure opinion, j'en suis sûr, lorsqu'il me verra venir tous les ans, toujours de bonne humeur, lui dire : « Oncle Scrooge, comment vous portez-vous ? » Si cela pouvait seulement lui donner l'idée de laisser douze cents francs à son pauvre commis, ce serait déjà quelque chose. Je ne sais pas, mais pourtant je crois bien l'avoir ébranlé hier. »

Ce fut à leur tour de rire maintenant à l'idée présomptueuse qu'il eût pu ébranler Scrooge. Mais comme il avait un excellent caractère, et qu'il ne s'inquiétait guère de savoir pourquoi on riait, pourvu que l'on rît, il les encouragea dans leur gaieté en faisant circuler joyeusement la bouteille.

Après le thé, on fit un peu de musique ; car c'était une famille de musiciens qui s'entendaient à merveille, je vous assure, à chanter des ariettes et des ritournelles, surtout Topper, qui savait faire gronder sa basse comme un artiste consommé, sans avoir besoin de se gonfler les larges veines de son front, ni de devenir rouge comme une écrevisse. La nièce de Scrooge pinçait très bien de la harpe : entre autres morceaux, elle joua un simple petit air (un rien que vous auriez pu apprendre à siffler en deux minutes), justement l'air favori de la jeune fille qui allait autrefois chercher Scrooge à sa pension, comme le fantôme de Noël passé le lui avait rappelé. A ces sons bien connus, tout ce que le spectre lui avait montré alors se présenta de nouveau à son souvenir ; de plus en plus attendri, il songea que, s'il avait pu souvent entendre cet air, depuis de longues années, il aurait sans doute cultivé de ses propres mains, pour son bonheur, les douces affections de la vie, ce qui valait mieux que d'aiguiser la bêche impatiente du fossoyeur qui avait enseveli Jacob Marley.

Mais la soirée ne fut pas consacrée tout entière à la musique. Au bout de quelques instants, on joua aux gages touchés, car il faut bien redevenir enfants quelquefois, surtout à Noël, un jour de fête fondé par un Dieu enfant. Attention! voilà qu'on commence d'abord par une partie de colin-maillard. Oh! le tricheur de Topper! Il fait semblant de ne pas voir avec son bandeau, mais, n'ayez pas peur, il n'a pas ses yeux dans sa poche. Je suis sûr qu'il s'est entendu avec le neveu de Scrooge, et que l'Esprit de Noël présent ne s'y est pas laissé prendre. La manière dont le soi-disant aveugle poursuit la petite sœur rondelette au fichu de dentelle est une véritable insulte à la crédulité de la nature humaine. Qu'elle renverse le garde-feu, qu'elle roule par-dessus les chaises, qu'elle aille se cogner contre le piano, ou bien qu'elle s'étouffe dans les rideaux, partout où elle va, il y va ; il sait toujours reconnaître où est la petite sœur rondelette ; il ne veut attraper personne d'autre ; vous aurez beau le heurter en courant, comme tant d'autres l'ont fait exprès, il fera bien semblant de chercher à vous saisir, avec une maladresse qui fait injure à votre intelligence, mais à l'instant il ira se jeter de côté dans la direction de la petite sœur rondelette. « Ce n'est pas de franc jeu », dit-elle souvent en fuyant, et elle a raison ; mais lorsqu'il l'attrape à la fin, quand, en dépit de ses mouvements rapides pour lui échapper, et de tous les frémissements de sa robe de soie froissée à chaque meuble, il est parvenu à l'acculer dans un coin, d'où elle ne peut plus sortir, sa conduite alors devient vraiment abominable. Car, sous prétexte qu'il ne sait pas qui c'est, il faut qu'il touche sa coiffure ; sous prétexte de s'assurer de son identité, il se permet de toucher certaine bague qu'elle porte au doigt, de manier certaine chaîne passée autour de son cou. Le vilain monstre ! aussi nul doute qu'elle ne lui en dise sa façon de penser, maintenant que le mouchoir ayant passé sur les yeux d'une autre personne, ils ont ensemble un entretien si confidentiel, derrière les rideaux, dans l'embrasure de la fenêtre !

La nièce de Scrooge n'était pas de la partie de colin-maillard ; elle était demeurée dans un bon petit coin de la salle, assise à son aise sur un fauteuil avec un tabouret sous les pieds ; le fantôme et Scrooge se tenaient debout derrière elle ; mais, par exemple, elle prenait part aux gages touchés et fut particulièrement admirable à *Comment l'aimez-vous ?* avec toutes les lettres de l'alphabet. De même au jeu de *Où, quand et comment*, elle était fort habile, et, à la joie secrète du neveu de Scrooge, elle battait à plates coutures toutes ses sœurs, quoiqu'elles ne fussent pas sottes, non ; demandez plutôt à Topper. Il se trouvait bien là environ une vingtaine de personnes, tant jeunes que vieux, mais tout le monde jouait, jusqu'à Scrooge lui-même qui, oubliant tout à fait, tant il s'intéressait à cette scène, qu'on ne pouvait entendre sa voix, criait tout haut les mots qu'on donnait à deviner ; et il rencontrait juste fort souvent, je dois l'avouer, car l'aiguille la plus pointue, la meilleure *Whitechapel*, garantie pour ne pas couper le fil, n'est pas plus fine ni plus déliée que l'esprit de Scrooge, avec l'air benêt qu'il se donnait exprès pour attraper le monde.

Le spectre prenait plaisir à le voir dans ces dispositions et il le regardait d'un air si rempli de bienveillance, que Scrooge lui demanda en grâce, comme l'eût fait un enfant, de rester jusqu'après le départ des conviés. Mais pour ce qui est de cela, l'esprit lui dit que c'était une chose impossible.

« Voici un nouveau jeu, dit Scrooge. Une demi-heure, esprit, seulement une demi-heure ! »

C'était le jeu appelé *Oui et non* ; le neveu de Scrooge devait penser à quelque chose et les autres chercher à deviner ce à quoi il pensait ; il ne répondait à toutes leurs questions que par *oui* et par *non*, suivant le cas. Le feu roulant d'interrogations auxquelles il se vit exposé lui arracha successivement une foule d'aveux : qu'il pensait à un animal, que c'était un animal vivant, un animal désagréable, un animal sauvage, un animal qui grondait et grognait quelquefois, qui d'autres fois parlait, qui habitait Londres, qui se promenait dans les rues, qu'on ne montrait pas pour de l'argent, qui n'était mené en laisse par personne, qui ne vivait pas dans une ménagerie, qu'on ne tuait jamais à l'abattoir, et qui n'était ni un cheval, ni un âne, ni une vache, ni un taureau, ni un tigre, ni un chien, ni un cochon, ni un chat, ni un ours. A chaque nouvelle question qui lui était adressée, ce gueux de neveu partait d'un nouvel éclat de rire, et il lui en prenait de telles envies, qu'il était obligé de se lever du sofa pour trépigner sur le parquet. A la fin, la sœur rondelette, prise à son tour d'un fou rire, s'écria :

«Je l'ai trouvé! Je le tiens, Fred! Je sais ce que c'est.

— Qu'est-ce donc? demanda Fred.

— C'est votre oncle Scro-o-o-o-oge!»

C'était cela même. L'admiration fut le sentiment général, quoique quelques personnes fissent remarquer que la réponse à cette question «Est-ce un ours?» aurait dû être «Oui»; d'autant qu'il avait suffi dans ce cas d'une réponse négative pour détourner leurs pensées de M. Scrooge, en supposant qu'elles se fussent portées sur lui d'abord.

«Eh bien! il a singulièrement contribué à nous divertir, dit Fred, et nous serions de véritables ingrats si nous ne buvions à sa santé. Voici justement que nous tenons à la main chacun un verre de punch au vin; ainsi donc: à l'oncle Scrooge!

— Soit! à l'oncle Scrooge! s'écrièrent-ils tous.

— Un joyeux Noël et une bonne année au vieillard, n'importe ce qu'il est! dit le neveu de Scrooge. Il n'accepterait pas ce souhait de ma bouche, mais il l'aura néanmoins. A l'oncle Scrooge!»

L'oncle Scrooge s'était laissé peu à peu si bien gagner par l'hilarité générale, il se sentait le cœur si léger, qu'il aurait fait raison à la compagnie, quoiqu'elle ne s'aperçût pas de sa présence, et prononcé un discours de remerciement que personne n'eût entendu, si le spectre lui en avait donné le temps. Mais la scène entière disparut comme le neveu prononçait la dernière parole de son toast; et déjà Scrooge et l'esprit avaient repris le cours de leurs voyages.

Ils virent beaucoup de pays, allèrent fort loin et visitèrent un grand nombre de demeures, et toujours avec d'heureux résultats pour ceux que Noël approchait. L'esprit se tenait auprès du lit des malades, et ils oubliaient leurs maux sur la terre étrangère, et l'exilé se croyait pour un moment transporté au sein de la patrie. Il visitait une âme en lutte avec le sort et aussitôt elle s'ouvrait à des sentiments de résignation et à l'espoir d'un meilleur avenir. Il abordait les pauvres, et aussitôt ils se croyaient riches. Dans les maisons de charité, les hôpitaux, les prisons, dans tous ces refuges de la misère, où l'homme vain et orgueilleux n'avait pu abuser de sa petite autorité si passagère pour en interdire l'entrée et en barrer la porte à l'esprit, il laissait sa bénédiction et enseignait à Scrooge ses préceptes charitables.

Ce fut là une longue nuit, si toutes ces choses s'accomplirent seulement en une nuit ; mais Scrooge en douta, parce qu'il lui semblait que plusieurs fêtes de Noël avaient été condensées dans l'espace de temps qu'ils passèrent ensemble. Une chose étrange aussi, c'est que, tandis que Scrooge n'éprouvait aucune modification dans sa forme extérieure, le fantôme devenait plus vieux, visiblement plus vieux. Scrooge avait remarqué ce changement, mais il n'en dit pas un mot, jusqu'à ce que, au sortir d'un lieu, où une réunion d'enfants célébrait les Rois, jetant les yeux sur l'esprit quand ils furent seuls, il s'aperçut que ses cheveux avaient blanchi.

« La vie des esprits est-elle donc si courte ? demanda-t-il.

— Ma vie sur ce globe est très courte, en effet, répondit le spectre. Elle finit cette nuit.

— Cette nuit ! s'écria Scrooge.

— Ce soir, à minuit ! Ecoutez ! L'heure approche. »

En ce moment, l'horloge sonnait les trois quarts de onze heures.

« Pardonnez-moi l'indiscrétion de ma demande, dit Scrooge qui regardait attentivement la robe de l'esprit, mais je vois quelque chose d'étrange et qui ne vous appartient pas, sortir de dessous votre robe. Est-ce un pied ou une griffe ?

— Ce pourrait être une griffe, à en juger par la chair qui est au-dessus, répondit l'esprit avec tristesse. Regardez. »

Des plis de sa robe, il dégagea deux enfants, deux créatures misérables, abjectes, effrayantes, hideuses, repoussantes, qui s'agenouillèrent à ses pieds et se cramponnèrent à son vêtement.

« Oh ! homme ! regarde, regarde, regarde à tes pieds ! » s'écria le fantôme.

C'étaient un garçon et une fille, jaunes, maigres, couverts de haillons, au visage renfrogné, féroces, quoique rampants dans leur abjection. Une jeunesse gracieuse aurait dû remplir leurs joues et répandre sur leur teint ses plus fraîches couleurs ; au lieu de cela, une main flétrie et desséchée, comme celle du Temps, les avait ridés, amaigris, décolorés ; ces traits où les anges auraient dû trôner, les démons s'y cachaient plutôt pour lancer de là des regards menaçants. Nul changement, nulle dégradation, nulle décomposition de l'espèce humaine, à aucun degré, dans tous les mystères les plus merveilleux de la Création, n'ont produit des monstres à beaucoup près aussi horribles et aussi effrayants.

Scrooge recula, pâle de terreur ; ne voulant pas blesser l'esprit, leur père peut-être, il essaya de dire que c'étaient de beaux enfants, mais les mots s'arrêtèrent d'eux-mêmes dans sa gorge, pour ne pas se rendre complices d'un mensonge si énorme.

« Esprit ! est-ce que ce sont vos enfants ? »

Scrooge n'en put dire davantage.

« Ce sont les enfants des hommes, dit l'esprit laissant tomber sur eux un regard, et ils s'attachent à moi pour me porter plainte contre leurs pères. Celui-là est l'ignorance ; celle-ci la misère. Gardez-vous de l'un et de l'autre et de toute leur descendance, mais surtout du premier, car sur son front je vois écrit : Condamnation. Hâte-toi, Babylone, dit-il en étendant sa main vers la cité ; hâte-toi d'effacer ce mot qui te condamne plus que lui ; toi à ta ruine, comme lui au malheur. Ose dire que tu n'en es pas coupable ; calomnie même ceux qui t'accusent : cela peut servir au succès de tes desseins abominables. Mais gare la fin !

— N'ont-ils donc aucun refuge, aucune ressource ? s'écria Scrooge.

— N'y a-t-il pas des prisons ? dit l'esprit lui renvoyant avec ironie pour la dernière fois ses propres paroles. N'y a-t-il pas des maisons de force ? »

L'horloge sonnait minuit.

Scrooge chercha du regard le spectre et ne le vit plus. Quand le dernier son cessa de vibrer, il se rappela la prédiction du vieux Jacob Marley, et, levant les yeux, il aperçut un fantôme à l'aspect solennel, drapé dans une robe à capuchon et qui venait à lui, glissant sur la terre comme une vapeur.

QUATRIÈME COUPLET

Le dernier des esprits

Le fantôme approchait d'un pas lent, grave et silencieux. Quand il fut arrivé près de Scrooge, celui-ci fléchit le genou, car cet esprit semblait répandre autour de lui, dans l'air qu'il traversait, une terreur sombre et mystérieuse.

Une longue robe noire l'enveloppait tout entier et cachait sa tête, son visage, sa forme, ne laissant rien voir qu'une de ses mains étendues, sans quoi il eût été très difficile de détacher cette figure des ombres de la nuit, et de la distinguer de l'obscurité complète dont elle était environnée.

Quand Scrooge vint se placer à ses côtés, il reconnut que le spectre était d'une taille élevée et majestueuse, et que sa mystérieuse présence le remplissait d'une crainte solennelle. Mais il n'en sut pas davantage, car l'esprit ne prononçait pas une parole et ne faisait aucun mouvement.

« Suis-je en la présence du spectre de Noël à venir ? » dit Scrooge.

L'esprit ne répondit rien, mais continua de tenir la main tendue en avant.

« Vous allez me montrer les ombres des choses qui

ne sont pas arrivées encore et qui arriveront dans la suite des temps, poursuivit Scrooge. N'est-ce pas, esprit ?

La partie supérieure de la robe du fantôme se contracta un instant par le rapprochement de ses plis, comme si le spectre avait incliné la tête. Ce fut la seule réponse qu'il en obtint.

Quoique habitué déjà au commerce des esprits, Scrooge éprouvait une telle frayeur en présence de ce spectre silencieux, que ses jambes tremblaient sous lui et qu'il se sentit à peine la force de se tenir debout, quand il se prépara à le suivre. L'esprit s'arrêta un moment, comme s'il eût remarqué son trouble et qu'il eût voulu lui donner le temps de se remettre.

Mais Scrooge n'en fut que plus agité ; un frisson de terreur vague parcourait tous ses membres, quand il venait à songer que derrière ce sombre linceul, des yeux de fantôme étaient attentivement fixés sur lui, et que, malgré tous ses efforts, il ne pouvait voir qu'une main de spectre et une grande masse noirâtre.

« Esprit de l'avenir ! s'écria-t-il ; je vous redoute plus qu'aucun des spectres que j'aie encore vus ! Mais, parce que je sais que vous vous proposez mon bien, et parce que j'espère vivre de manière à être un tout autre homme que je n'étais, je suis prêt à vous accompagner avec un cœur reconnaissant. Ne me parlerez-vous pas ? »

Point de réponse. La main seule était toujours tendue droit devant eux.

« Guidez-moi ! dit Scrooge, guidez-moi ! La nuit avance rapidement ; c'est un temps précieux pour moi, je le sais. Esprit, guidez-moi. »

Le fantôme s'éloigna de la même manière qu'il était venu. Scrooge le suivit dans l'ombre de sa robe, et il lui sembla que cette ombre le soulevait et l'emportait avec elle.

On ne pourrait pas dire précisément qu'ils entrèrent dans la ville, ce fut plutôt la ville qui sembla surgir autour d'eux et les entourer de son propre mouvement. Toutefois, ils étaient au cœur même de la cité, à la Bourse, parmi les négociants qui allaient deçà et delà en toute hâte, faisant sonner l'argent dans leurs poches, se groupant pour causer affaires, regardant à leurs montres et jouant d'un air pensif avec leurs grandes breloques, etc., comme Scrooge les avait vus si souvent.

L'esprit s'arrêta près d'un petit groupe de ces capitalistes. Scrooge, remarquant la direction de sa main tendue de leur côté, s'approcha pour entendre la conversation.

« Non... disait un grand et gros homme avec un menton monstrueux, je n'en sais pas davantage ; je sais seulement qu'il est mort.

— Quand est-il mort ? demanda un autre.

— La nuit dernière, je crois.

— Comment, et de quoi est-il mort ? dit un troisième personnage en prenant une énorme prise de tabac dans une vaste tabatière. Je croyais qu'il ne mourrait jamais...

— Il n'y a que Dieu qui le sache, reprit le premier avec un bâillement.

— Qu'a-t-il fait de son argent ? demanda un monsieur à la face rubiconde dont le bout du nez était orné d'une excroissance de chair qui pendillait sans cesse comme les caroncules d'un dindon.

— Je n'en sais trop rien, fit l'homme au double menton en bâillant de nouveau. Peut-être l'a-t-il laissé à sa société ; en tout cas, ce n'est pas à *moi* qu'il l'a laissé : voilà tout ce que je sais. »

Cette plaisanterie fut accueillie par un rire général.

« Il est probable, dit le même interlocuteur, que les chaises ne lui coûteront pas cher à l'église, non plus que les voitures ; car, sur mon âme, je ne connais personne qui soit disposé à aller à son enterrement. Si nous faisions la partie d'y aller sans invitation !

— Cela m'est égal, s'il y a une collation, observa le monsieur à la loupe ; mais je veux être nourri pour la peine.

— Eh bien ! après tout, dit celui qui avait parlé le premier, je vois que je suis encore le plus désintéressé de vous tous, car je n'y allais pas pour qu'on me donnât des gants noirs, je n'en porte pas : ni pour sa collation, je ne goûte jamais ; et pourtant, je m'offre à y aller, si quelqu'un veut venir avec moi. C'est que, voyez-vous, en y réfléchissant, je ne suis pas sûr le moins du monde de n'avoir pas été son plus intime ami, car nous avions l'habitude de nous arrêter pour échanger quelques mots toutes les fois que nous nous rencontrions. Adieu, messieurs ; au revoir ! »

Le groupe se dispersa et alla se mêler à d'autres. Scrooge reconnaissait tous ces personnages : il regarda l'esprit comme pour lui demander l'explication de ce qu'il venait d'entendre.

Le fantôme se glissa dans une rue et montra du doigt deux individus qui s'abordaient. Scrooge écouta encore, croyant trouver là le mot de l'énigme.

Il les reconnaissait également très bien ; c'étaient deux négociants, riches et considérés. Il s'était toujours piqué d'être bien placé dans leur estime, au point de vue des affaires, s'entend, purement et simplement au point de vue des affaires.

« Comment vous portez-vous ? dit l'un.

— Et vous ? répondit l'autre.

— Bien ! fit le premier. Le vieux *Gobseck* a donc enfin son compte, hein ?

— On me l'a dit... ; il fait froid, n'est-ce pas ?

— Peuh ! Un temps de la saison ! temps de Noël. Vous ne patinez pas, je suppose ?

— Non, non ; j'ai bien autre chose à penser. Bonjour. »

Pas un mot de plus. Telles furent leur rencontre, leur conversation et leur séparation.

Scrooge eut d'abord la pensée de s'étonner que l'esprit attachât une telle importance à des conversations en apparence si triviales ; mais intimement convaincu qu'elles devaient avoir un sens caché, il se mit à considérer, à part lui, quel il pouvait être selon toutes les probabilités. Il était difficile qu'elles se rapportassent à la mort de Jacob, son vieil associé ; du moins, la chose ne paraissait pas vraisemblable, car cette mort appartenait au passé, et le spectre avait pour département l'avenir : il ne voyait non plus personne de ses connaissances à qui il pût les appliquer. Toutefois, ne doutant pas que, quelle que fût celle à qui il convenait d'en faire application, elles ne renfermassent une leçon secrète à son adresse, et pour son bien, il résolut de recueillir avec soin chacune des paroles qu'il entendrait et chacune des choses qu'il verrait, mais surtout d'observer attentivement sa propre image lorsqu'elle lui apparaîtrait, persuadé que la conduite de son futur lui-même lui donnerait la clef de cette énigme et en rendrait la solution facile.

Il se chercha donc en ce lieu ; mais un autre occupait sa place accoutumée, dans le coin qu'il affectionnait particulièrement, et, quoique l'horloge indiquât l'heure où il venait d'ordinaire à la Bourse, il ne vit personne qui lui ressemblât, parmi cette multitude qui se pressait sous le porche pour y entrer. Cela le surprit peu, néanmoins, car depuis ses premières visions, il avait médité dans son esprit un changement de vie ; il pensait, il espérait que son absence était une preuve qu'il avait mis ses nouvelles résolutions en pratique.

Le fantôme se tenait à ses côtés, immobile, sombre,

toujours le bras tendu. Quand Scrooge sortit de sa rêverie, il s'imagina, au mouvement de la main et d'après la position du spectre vis-à-vis de lui, que ses yeux invisibles le regardaient fixement. Cette pensée le fit frissonner de la tête aux pieds.

Quittant le théâtre bruyant des affaires, ils allèrent dans un quartier obscur de la ville, où Scrooge n'avait pas encore pénétré, quoiqu'il en connût parfaitement les êtres et la mauvaise renommée. Les rues étaient sales et étroites, les boutiques et les maisons misérables, les habitants à demi nus, ivres, mal chaussés, hideux. Des allées et des passages sombres, comme autant d'égouts, vomissaient leurs odeurs repoussantes, leurs immondices et leurs ignobles habitants dans ce labyrinthe de rues; tout le quartier respirait le crime, l'ordure, la misère.

Au fond de ce repaire infâme on voyait une boutique basse, s'avançant en saillie sous le toit d'un auvent, dans laquelle on achetait le fer, les vieux chiffons, les vieilles bouteilles, les os, les restes des assiettes du dîner d'hier au soir. Sur le plancher, à l'intérieur, étaient entassés des clefs rouillées, des clous, des chaînes, des gonds, des limes, des plateaux de balances, des poids et toute espèce de ferraille. Des mystères que peu de personnes eussent été curieuses d'approfondir s'agitaient peut-être sous ces monceaux de guenilles repoussantes, sous ces masses de graisse corrompue et ces sépulcres d'ossements. Assis au milieu des marchandises dont il trafiquait, près d'un réchaud de vieilles briques, un sale coquin, aux cheveux blanchis par l'âge (il avait près de soixante-dix ans), s'abritait contre l'air froid du dehors, au moyen d'un rideau crasseux, composé de lambeaux dépareillés suspendus à une ficelle, et fumait sa pipe en savourant avec délices la volupté de sa paisible solitude.

Scrooge et le fantôme se trouvèrent en présence de cet homme, au moment précis où une femme, chargée d'un lourd paquet, se glissa dans la boutique. A peine y eut-elle mis les pieds, qu'une autre femme, chargée de la même manière, entra pareillement ; cette dernière fut suivie de près par un homme vêtu d'un habit noir râpé, qui ne parut pas moins surpris de la vue des deux femmes qu'elles ne l'avaient été elles-mêmes en se reconnaissant l'une l'autre. Après quelques instants de stupéfaction muette partagée par l'homme à la pipe, ils se mirent à éclater de rire tous les trois.

« Que la femme de journée passe la première ! s'écria celle qui était entrée d'abord. La blanchisseuse viendra après elle, puis, en troisième lieu, l'homme des pompes funèbres. Eh bien ! vieux Joe, dites donc, en voilà un hasard ! Ne dirait-on pas que nous nous sommes donné ici rendez-vous tous les trois ?

— Vous ne pouviez toujours pas mieux choisir la place, dit le vieux Joe, ôtant sa pipe de sa bouche. Entrez au salon. Depuis longtemps vous y avez vos libres entrées, et les deux autres ne sont pas non plus des étrangers. Attendez que j'aie fermé la porte de la boutique. Ah ! comme elle crie ! Je ne crois pas qu'il y ait ici de ferraille plus rouillée que ses gonds, comme il n'y a pas non plus, j'en suis bien sûr, d'os aussi vieux que les miens dans tout mon magasin. Ah ! ah ! nous sommes tous en harmonie avec notre condition, nous sommes bien assortis. Entrez au salon. Entrez. »

Le salon était l'espace séparé de la boutique par le rideau de loques. Le vieux marchand remua le feu avec un barreau brisé provenant d'une rampe d'escalier, et après avoir ravivé sa lampe fumeuse (car il faisait nuit) avec le tuyau de sa pipe, il le remit dans sa bouche.

Pendant qu'il faisait ainsi les honneurs de son hospitalité, la femme qui avait déjà parlé jeta son paquet à terre, et s'assit, dans une pose nonchalante, sur un tabouret, croisant ses coudes sur ses genoux, et lançant aux deux autres comme un défi hardi.

« Eh bien ! quoi ? Qu'y a-t-il donc ? Qu'est-ce qu'il y a, mistress Dilber ? dit-elle. Chacun a bien le droit de songer à soi, je pense. Est-ce qu'il a fait autre chose toute sa vie, *lui* ?

— C'est vrai, par ma foi ! fit la blanchisseuse. Personne plus que lui.

— Eh bien ! alors, vous n'avez pas besoin de rester là à vous écarquiller les yeux comme si vous aviez peur, bonne femme : les loups ne se mangent pas, je suppose.

— Bien sûr ! dirent en même temps mistress Dilber et le croque-mort. Nous l'espérons bien.

— En ce cas, s'écria la femme, tout est pour le mieux. Il n'y a pas besoin de chercher midi à quatorze heures. Et d'ailleurs, voyez le grand mal. A qui est-ce qu'on fait tort avec ces bagatelles ? Ce n'est pas au mort, je suppose ?

— Ma foi, non, dit Mme Dilber en riant.

— S'il voulait les conserver après sa mort, le vieux grigou, poursuivit la femme, pourquoi n'a-t-il pas fait comme tout le monde ? Il n'avait qu'à prendre une garde pour le veiller quand la mort est venue le frapper, au lieu de rester là à rendre le dernier soupir dans son coin, tout seul comme un chien.

— C'est bien la pure vérité, fit Mme Dilber. Il n'a que ce qu'il mérite.

— Je voudrais bien qu'il n'en fût pas quitte à si bon marché, reprit la femme ; et il en serait autrement, vous pouvez vous en rapporter à moi, si j'avais pu mettre les mains sur quelque autre chose. Ouvrez ce paquet, vieux Joe, et voyons ce que cela vaut. Parlez franchement. Je n'ai pas peur de passer la première ;

je ne crains pas qu'ils le voient. Nous savions très bien, je crois, avant de nous rencontrer ici, que nous faisions nos petites affaires. Il n'y a pas de mal à cela. Ouvrez le paquet, Joe. »

Mais il y eut assaut de politesse. Ses amis, par délicatesse, ne voulurent pas le permettre, et l'homme à l'habit noir râpé, montant le premier sur la brèche, produisit son butin. Il n'était pas considérable : un cachet ou deux, un porte-crayon, deux boutons de manche et une épingle de peu de valeur, voilà tout. Chacun de ces objets fut examiné en particulier et prisé par le vieux Joe qui marqua sur le mur avec de la craie les sommes qu'il était disposé à en donner, et additionna le total quand il vit qu'il n'y avait plus d'autre article.

« Voilà votre compte, dit-il, et je ne donnerais pas six pence de plus quand on devrait me faire rôtir à petit feu. Qui vient après ? »

C'était le tour de Mme Dilber. Elle déploya des draps, des serviettes, un habit, deux cuillers à thé en argent, forme antique, une pince à sucre et quelques bottes. Son compte lui fut fait sur le mur de la même manière.

« Je donne toujours trop aux dames. C'est une de mes faiblesses, et c'est ainsi que je me ruine, dit le vieux Joe. Voilà votre compte. Si vous me demandez un penny de plus et que vous marchandiez là-dessus, je pourrais bien me raviser et rabattre un écu sur la générosité de mon premier instinct.

— Et maintenant, Joe, défaites mon paquet », dit la première femme.

Joe se mit à genoux pour plus de facilité, et, après avoir défait une grande quantité de nœuds, il tira du paquet une grosse et lourde pièce d'étoffe sombre.

« Quel nom donnez-vous à cela ? dit-il. Des rideaux de lit ?

— Oui! répondit la femme en riant et en se penchant sur ses bras croisés. Des rideaux de lit!

— Il n'est pas Dieu possible que vous les ayez enlevés, anneaux et tout, pendant qu'il était encore là sur son lit? demanda Joe.

— Que si, reprit la femme, et pourquoi pas?

— Allons, vous étiez née pour faire fortune, dit Joe, et fortune vous ferez.

— Certainement je ne retirerai pas la main quand je pourrai la mettre sur quelque chose, par égard pour un homme pareil, je vous en réponds, Joe, dit la femme avec le plus grand sang-froid. Ne laissez pas tomber de l'huile sur les couvertures, maintenant.

— Ses couvertures, à lui? demanda Joe.

— Et à qui donc? répondit la femme. N'avez-vous pas peur qu'il s'enrhume pour n'en pas avoir?

— Ah çà! j'espère toujours qu'il n'est pas mort de quelque maladie contagieuse, hein? dit le vieux Joe s'arrêtant dans son examen et levant la tête.

— N'ayez pas peur, Joe, je n'étais pas tellement folle de sa société, que je fusse restée auprès de lui pour de semblables misères, s'il y avait eu le moindre danger… Oh! vous pouvez examiner cette chemise jusqu'à ce que les yeux vous en crèvent, vous n'y trouverez pas le plus petit trou; elle n'est pas même élimée : c'était bien sa meilleure, et de fait elle n'est pas mauvaise. C'est bien heureux que je me sois trouvée là; sans moi, on l'aurait perdue.

— Qu'appelez-vous perdue? demanda le vieux Joe.

— On l'aurait enseveli avec, pour sûr, reprit-elle en riant. Croiriez-vous qu'il y avait déjà eu quelqu'un d'assez sot pour le faire; mais je la lui ai ôtée bien vite. Si le calicot n'est pas assez bon pour cette besogne, je ne vois guère à quoi il peut servir. C'est très bon pour couvrir un corps; et, quant à l'élégance, le bonhomme ne sera pas plus laid dans une chemise de calicot qu'il ne l'était avec sa chemise de toile, c'est impossible. »

Scrooge écoutait ce dialogue avec horreur. Tous ces gens-là, assis ou plutôt accroupis autour de leur proie, serrés les uns contre les autres, à la faible lueur de la lampe du vieillard, lui causaient un sentiment de haine et de dégoût aussi prononcé que s'il eût vu d'obscènes démons occupés à marchander le cadavre lui-même.

« Ah ! ah ! continua en riant la même femme lorsque le vieux Joe, tirant un sac de flanelle rempli d'argent, compta à chacun, sur le plancher, la somme qui lui revenait pour sa part. Voilà bien le meilleur, voyez-vous ! Il n'a, de son vivant, effrayé tout le monde, et tenu chacun loin de lui que pour nous assurer des profits après sa mort. Ah ! ah ! ah !

— Esprit ! dit Scrooge frissonnant de la tête aux pieds. Je comprends, je comprends. Le sort de cet infortuné pourrait être le mien. C'est là que mène une vie comme la mienne... Seigneur miséricordieux, qu'est-ce que je vois ? »

Il recula de terreur, car la scène avait changé, et il touchait presque un lit, un lit nu, sans rideaux, sur lequel, recouvert d'un drap déchiré, reposait quelque chose dont le silence même révélait la nature en un terrible langage.

La chambre était très sombre, trop sombre pour qu'on pût remarquer avec exactitude ce qui s'y trouvait, bien que Scrooge obéissant à une impulsion secrète, promenât ses regards curieux, inquiet de savoir ce que c'était que cette chambre. Une pâle lumière, venant du dehors, tombait directement sur le lit où gisait le cadavre de cet homme dépouillé, volé, abandonné de tout le monde, auprès duquel personne ne pleurait, personne ne veillait.

Scrooge jeta les yeux sur le fantôme dont la main

fatale lui montrait la tête du mort. Le linceul avait été jeté avec tant de négligence, qu'il aurait suffi du plus léger mouvement de son doigt pour mettre à nu ce visage. Scrooge y songea ; il voyait combien c'était facile, il éprouvait le désir de le faire, mais il n'avait pas plus la force d'écarter ce voile que de renvoyer le spectre qui se tenait debout à ses côtés.

«Oh! froide, froide, affreuse, épouvantable mort! Tu peux dresser ici ton autel et l'entourer de toutes les terreurs dont tu disposes ; car tu es bien là dans ton domaine! Mais, quand c'est une tête aimée, respectée et honorée, tu ne peux faire servir un seul de ses cheveux à tes terribles desseins, ni rendre odieux un de ses traits. Ce n'est pas qu'alors la main ne devienne pesante aussi, et ne retombe si je l'abandonne ; ce n'est pas que le cœur et le pouls ne soient silencieux ; mais cette main, elle fut autrefois ouverte, généreuse, loyale ; ce cœur fut brave, chaud, honnête et tendre : c'était un vrai cœur d'homme qui battait là dans sa poitrine. Frappe, frappe, mort impitoyable! tes coups sont vains. Tu vas voir jaillir de sa blessure ses bonnes actions, l'honneur de sa vie éphémère, la semence de sa vie immortelle!»

Aucune voix ne prononça ces paroles aux oreilles de Scrooge, il les entendit cependant lorsqu'il regarda le lit. «Si cet homme pouvait revivre, pensait-il, que dirait-il à présent de ses pensées d'autrefois? L'avarice, la dureté du cœur, l'âpreté du gain, ces pensées-là, vraiment, l'ont conduit à une belle fin!

«Il est là, gisant dans cette maison déserte et sombre, où il n'y a ni homme, ni femme, ni enfant, qui puisse dire : «Il fut bon pour moi dans telle ou telle circonstance, et je serai bon pour lui, à mon tour, en souvenir d'une parole bienveillante.» Seulement un chat grattait à la porte, et, sous la pierre du foyer, on entendait un bruit de rats qui rongeaient quelque chose. Que venaient-ils chercher dans cette chambre mortuaire ? Pourquoi étaient-ils si avides, si turbulents ? Scrooge n'osa point y penser.

« Esprit, dit-il, ce lieu est affreux. En le quittant, je n'oublierai pas la leçon qu'il me donne, croyez-moi. Partons ! »

Le spectre, de son doigt immobile, lui montrait toujours la tête du cadavre.

« Je vous comprends, répondit Scrooge, et je le ferais si je pouvais. Mais je n'en ai pas la force ; esprit, je n'en ai pas la force. »

Le fantôme parut encore le regarder avec une attention plus marquée.

« S'il y a quelqu'un dans la ville qui ressente une émotion pénible par suite de la mort de cet homme, dit Scrooge en proie aux angoisses de l'agonie, montrez-moi cette personne, esprit, je vous en conjure. »

Le fantôme étendit un moment sa sombre robe devant lui comme une aile, puis, la repliant, lui fit voir une chambre éclairée par la lumière du jour, où se trouvaient une mère et ses enfants.

Elle attendait quelqu'un avec une impatience inquiète ; car elle allait et venait dans sa chambre, tressaillait au moindre bruit, regardait par la fenêtre, jetait les yeux sur la pendule, essayait, mais en vain, de recourir à son aiguille, et pouvait à peine supporter les voix des enfants dans leurs jeux.

Enfin retentit à la porte le coup de marteau si longtemps attendu. Elle courut ouvrir : c'était son mari, homme jeune encore, au visage abattu, flétri par le chagrin ; on y voyait pourtant en ce moment une expression remarquable, une sorte de plaisir triste dont il avait honte et qu'il s'efforçait de réprimer.

Il s'assit pour manger le dîner que sa femme avait tenu chaud près du feu, et quand elle lui demanda d'une voix faible : « Quelles nouvelles ? » (ce qu'elle ne fit qu'après un long silence), il parut embarrassé de répondre.

« Sont-elles bonnes ou mauvaises ? dit-elle pour l'aider.

— Mauvaises, répondit-il.
— Sommes-nous tout à fait ruinés ?
— Non, Caroline. Il y a encore de l'espoir.
— S'*il* se laisse toucher, dit-elle toute surprise ; après un tel miracle, on pourrait tout espérer, sans doute.
— Il ne peut plus se laisser toucher, dit le mari ; il est mort. »

C'était une créature douce et patiente que cette femme. On le voyait rien qu'à sa figure, et cependant elle ne put s'empêcher de bénir Dieu au fond de son âme à cette annonce imprévue, ni de le dire en joignant les mains. L'instant d'après, elle demanda pardon au ciel, car elle en avait regret ; mais le premier mouvement partait du cœur.

« Ce que cette femme à moitié ivre, dont je vous ai parlé hier soir, m'a dit, quand j'ai essayé de le voir pour obtenir de lui une semaine de délai, et ce que je regardais comme une défaite pour m'éviter est la vérité pure ; non seulement il était déjà fort malade, mais il était mourant.

— A qui sera transférée notre dette ?
— Je l'ignore. Mais avant ce temps, nous aurons la somme, et lors même que nous ne serions pas prêts, ce serait jouer de malheur si nous trouvions dans son successeur un créancier aussi impitoyable. Nous pouvons dormir cette nuit plus tranquilles, Caroline ! »

Oui, malgré eux, leurs cœurs étaient débarrassés d'un poids bien lourd. Les visages des enfants groupés autour d'eux, afin d'écouter une conversation qu'ils comprenaient si peu, étaient plus ouverts et animés d'une joie plus vive ; la mort de cet homme rendait un peu de bonheur à une famille ! La seule émotion causée par cet événement, dont le spectre venait de rendre Scrooge témoin, était une émotion de plaisir.

« Esprit, dit Scrooge, faites-moi voir quelque scène de tendresse étroitement liée avec l'idée de la mort ; sinon cette chambre sombre, que nous avons quittée tout à l'heure, sera toujours présente à mon souvenir. »

Le fantôme le conduisit au travers de plusieurs rues qui lui étaient familières ; à mesure qu'ils marchaient, Scrooge regardait de côté et d'autre dans l'espoir de retrouver son image, mais nulle part il ne pouvait la voir. Ils entrèrent dans la maison du pauvre Bob Cratchit, cette même maison que Scrooge avait visitée précédemment, et trouvèrent la mère et les enfants assis autour du feu.

Ils étaient calmes, très calmes. Les bruyants petits Cratchit se tenaient dans un coin aussi tranquilles que des statues, et demeuraient assis, les yeux fixés sur Pierre, qui avait un livre ouvert devant lui. La mère et ses filles s'occupaient à coudre. Toute la famille était bien tranquille assurément !

« *Et il prit un enfant, et il le mit au milieu d'eux.* »

Où Scrooge avait-il entendu ces paroles ? Il ne les avait pas rêvées. Il fallait bien que ce fût l'enfant qui les avait lues à haute voix, quand Scrooge et l'esprit franchissaient le seuil de la porte. Pourquoi interrompait-il sa lecture ?

La mère posa son ouvrage sur la table et se couvrit le visage de ses mains.

« La couleur de cette étoffe me fait mal aux yeux, dit-elle.

— La couleur ? Ah ! pauvre Tiny Tim !

— Ils sont mieux maintenant, dit la femme de Cratchit. C'est sans doute de travailler à la lumière qui les fatigue, mais je ne voudrais pour rien au monde laisser voir à votre père, quand il rentrera, que mes yeux sont fatigués. Il ne doit pas tarder, c'est bientôt l'heure.

— L'heure est passée, répondit Pierre en fermant le livre. Mais je trouve qu'il va un peu moins vite depuis quelques soirs, ma mère. »

La famille retomba dans son silence et son immobilité. Enfin, la mère reprit d'une voix ferme, dont le ton de gaieté ne faiblit qu'une fois :

« J'ai vu un temps où il allait vite, très vite même, avec... avec Tiny Tim sur son épaule.

— Et moi aussi, s'écria Pierre ; souvent.

— Et moi aussi », s'écria un autre.

Tous répètent : « Et moi aussi.

— Mais Tiny Tim était très léger à porter, reprit la mère en retournant à son ouvrage ; et puis son père l'aimait tant que ce n'était pas pour lui une peine... oh! non. Mais j'entends votre père à la porte! »

Elle courut au-devant de lui. Le petit Bob entra avec son cache-nez ; il en avait bien besoin, le pauvre père. Son thé était tout prêt contre le feu, c'était à qui s'empresserait pour le servir. Alors les deux petits Cratchit grimpèrent sur ses genoux, et chacun d'eux posa sa petite joue contre les siennes, comme pour lui dire : « N'y pensez plus, mon père ; ne vous chagrinez pas! »

Bob fut très gai avec eux, il eut pour tout le monde une bonne parole : il regarda l'ouvrage étalé sur la table et donna des éloges à l'adresse et à l'habileté de Mme Cratchit et de ses filles. « Ce sera fini longtemps avant dimanche, dit-il.

— Dimanche! Vous y êtes donc allé aujourd'hui, Robert? demanda sa femme.

— Oui, ma chère, répondit Bob. J'aurais voulu que vous eussiez pu y venir : cela vous aurait fait du bien de voir comme l'emplacement est vert. Mais vous irez le voir souvent. Je lui avais promis que j'irais m'y promener un dimanche... Mon petit, mon petit enfant! s'écria Bob! Mon cher petit enfant!»

Il éclata tout à coup, sans pouvoir s'en empêcher. Pour qu'il pût s'en empêcher, il n'aurait pas fallu qu'il se sentît encore si près de son enfant.

Il quitta la chambre et monta dans celle de l'étage supérieur, joyeusement éclairée et parée de guirlandes comme à Noël. Il y avait une chaise placée tout contre le lit de l'enfant, et l'on voyait à des signes certains que quelqu'un était venu récemment l'occuper. Le pauvre Bob s'y assit à son tour; et, quand il se fut un peu recueilli, un peu calmé, il déposa un baiser sur ce cher petit visage. Alors il se montra plus résigné à ce cruel événement, et redescendit presque heureux... en apparence.

La famille se rapprocha du feu en causant; les jeunes filles et leur mère travaillaient toujours. Bob leur parla de la bienveillance extraordinaire que lui avait témoignée le neveu de M. Scrooge, qu'il avait vu une fois à peine, et qui, le rencontrant ce jour-là dans la rue et le voyant un peu... un peu abattu, «vous savez, dit Bob, s'était informé avec intérêt de ce qui lui arrivait de fâcheux. Sur quoi, poursuivit Bob, car c'est bien le monsieur le plus affable qu'il soit possible de voir, je lui ai tout raconté. «Je suis sincèrement affligé de ce que vous m'apprenez, monsieur Cratchit, dit-il, pour vous et pour votre excellente femme.» A propos, comment a-t-il pu savoir cela, je l'ignore absolument.

— Savoir quoi, mon ami?

— Que vous étiez une excellente femme.

— Mais tout le monde ne le sait-il pas? dit Pierre.

— Très bien répliqué, mon garçon! s'écria Bob. J'espère que tout le monde le sait. «Sincèrement affligé, disait-il, pour votre excellente femme ; si je puis vous être utile en quelque chose, ajouta-t-il en me remettant sa carte, voici mon adresse. Je vous en prie, venez me voir. » Eh bien ! j'en ai été charmé, non pas tant pour ce qu'il serait en état de faire en notre faveur, que pour ses manières pleines de bienveillance. On aurait dit qu'il avait réellement connu notre Tiny Tim, et qu'il le regrettait comme nous.

— Je suis sûre qu'il a un bon cœur, dit Mme Cratchit.

— Vous en seriez bien plus sûre, ma chère amie, reprit Bob, si vous l'aviez vu et que vous lui eussiez parlé. Je ne serais pas du tout surpris, remarquez ceci, qu'il trouvât une meilleure place à Pierre.

— Entendez-vous, Pierre ? dit Mme Cratchit.

— Et alors, s'écria une des jeunes filles, Pierre se mariera et s'établira pour son compte.

— Allez vous promener, repartit Pierre en faisant une grimace.

— Dame ! cela peut être ou ne pas être, l'un n'est pas plus sûr que l'autre, dit Bob. La chose peut arriver un de ces jours, quoique nous ayons, mon enfant, tout le temps d'y penser. Mais de quelque manière et dans quelque temps que nous nous séparions les uns des autres, je suis sûr que pas un de nous n'oubliera le pauvre Tiny Tim ; n'est-ce pas, nous n'oublierons jamais cette première séparation ?

— Jamais, mon père, s'écrièrent-ils tous ensemble.

— Et je sais, dit Bob, je sais, mes amis, que, quand nous nous rappellerons combien il fut doux et patient, quoique ce ne fût qu'un tout petit, tout petit enfant, nous n'aurons pas de querelles les uns avec les autres, car ce serait oublier le pauvre Tiny Tim.

— Non, jamais, mon père ! répétèrent-ils tous.

— Vous me rendez bien heureux, dit le petit Bob, oui bien heureux ! »

Mme Cratchit l'embrassa, ses filles l'embrassèrent, les deux petits Cratchit l'embrassèrent, Pierre et lui se serrèrent tendrement la main. Ame de Tiny Tim, dans ton essence enfantine, tu étais une émanation de la divinité !

« Spectre, dit Scrooge, quelque chose me dit que l'heure de notre séparation approche. Je le sais, sans savoir comment elle aura lieu. Dites-moi quel était donc cet homme que nous avons vu gisant sur son lit de mort ? »

Le fantôme de Noël futur le transporta, comme auparavant (quoique à une époque différente, pensait-il, car ces dernières visions se brouillaient un peu dans son esprit ; ce qu'il y voyait de plus clair, c'est qu'elles se rapportaient à l'avenir), dans les lieux où se réunissent les gens d'affaires et les négociants, mais sans lui montrer son autre lui-même. A la vérité, l'esprit ne s'arrêta nulle part, mais continua sa course directement, comme pour atteindre plus vite au but, jusqu'à ce que Scrooge le supplia de s'arrêter un instant.

« Cette cour, dit-il, que nous traversons si vite, est depuis longtemps le lieu où j'ai établi le centre de mes occupations. Je reconnais la maison ; laissez-moi voir ce que je serai un jour. »

L'esprit s'arrêta ; sa main désignait un autre point.

« Voici la maison là-bas, s'écria Scrooge. Pourquoi me faites-vous signe d'aller plus loin ? »

L'inexorable doigt ne changeait pas de direction. Scrooge courut à la hâte vers la fenêtre de son comptoir et regarda à l'intérieur. C'était encore un comptoir, mais non plus le sien. L'ameublement n'était pas le même, la personne assise dans le fauteuil n'était pas lui. Le fantôme faisait toujours le geste indicateur.

Scrooge le rejoignit, et, tout en se demandant pourquoi il ne se voyait pas là et ce qu'il pouvait être devenu, il suivit son guide jusqu'à une grille de fer. Avant d'entrer, il s'arrêta pour regarder autour de lui.

Un cimetière. Ici, sans doute, gît sous quelques pieds de terre le malheureux dont il allait apprendre le nom. C'était un bien bel endroit, ma foi! environné de longues murailles, de maisons voisines, envahi par le gazon et les herbes sauvages, plutôt la mort de la végétation que la vie, encombré du trop-plein des sépultures, engraissé jusqu'au dégoût. Oh! le bel endroit!

L'esprit, debout au milieu des tombeaux, en désigna un. Scrooge s'en approcha en tremblant. Le fantôme était toujours exactement le même, mais Scrooge crut reconnaître dans sa forme solennelle quelque augure nouveau dont il eut peur.

«Avant que je fasse un pas de plus vers cette pierre que vous me montrez, lui dit-il, répondez à cette seule question: Tout ceci, est-ce l'image de ce qui *doit* être, ou seulement de ce qui *peut* être?»

L'esprit, pour toute réponse, abaissa sa main du côté de la tombe près de laquelle il se tenait.

«Quand les hommes s'engagent dans quelques résolutions, elles leur annoncent certain but qui peut être inévitable, s'ils persévèrent dans leur voie. Mais s'ils la quittent, le but change; en est-il de même des tableaux que vous faites passer sous mes yeux?»

Et l'esprit demeura immobile comme toujours. Scrooge se traîna vers le tombeau, tremblant de frayeur, et, suivant la direction du doigt, lut sur la pierre d'une sépulture abandonnée son propre nom:

EBENEZER SCROOGE.

«C'est donc moi qui suis l'homme que j'ai vu gisant sur son lit de mort?» s'écria-t-il, tombant à genoux.

Le doigt du fantôme se dirigea alternativement de la tombe à lui et de lui à la tombe.

« Non, esprit ! oh ! non, non ! »

Le doigt était toujours là.

« Esprit, s'écria-t-il en se cramponnant à sa robe, écoutez-moi ! je ne suis plus l'homme que j'étais ; je ne serai plus l'homme que j'aurais été si je n'avais pas eu le bonheur de vous connaître. Pourquoi me montrer toutes ces choses, s'il n'y a plus aucun espoir pour moi ? »

Pour la première fois, la main parut faire un mouvement.

« Bon esprit, poursuivit Scrooge toujours prosterné à ses pieds, la face contre terre, vous intercéderez pour moi, vous aurez pitié de moi. Assurez-moi que je puis encore changer ces images que vous m'avez montrées, en changeant de vie ! »

La main s'agita avec un geste bienveillant.

« J'honorerai Noël au fond de mon cœur, et je m'efforcerai d'en conserver le culte toute l'année. Je vivrai dans le passé, le présent et l'avenir ; les trois esprits ne me quitteront plus, car je ne veux pas oublier leurs leçons. Oh ! dites-moi que je puis faire disparaître l'inscription de cette pierre ! »

Dans son angoisse, il saisit la main du spectre. Elle voulut se dégager, mais il la retint par une puissante étreinte. Toutefois, l'esprit, plus fort, encore cette fois, le repoussa.

Levant les mains dans une dernière prière, afin d'obtenir du spectre qu'il changeât sa destinée, Scrooge aperçut une altération dans la robe à capuchon de l'esprit qui diminua de taille, s'affaissa sur lui-même et se transforma en colonne de lit.

CINQUIÈME COUPLET

La conclusion

C'était une colonne de lit.
Oui ; et de son lit encore et dans sa chambre, bien mieux. Le lendemain lui appartenait pour s'amender et réformer sa vie !

« Je veux vivre dans le passé, le présent et l'avenir ! répéta Scrooge en sautant à bas du lit. Les leçons des trois esprits demeureront gravées dans ma mémoire. Ô Jacob Marley ! que le ciel et la fête de Noël soient bénis de leurs bienfaits ! Je le dis à genoux, vieux Jacob, oui, à genoux. »

Il était si animé, si échauffé par de bonnes résolutions que sa voix brisée répondait à peine au sentiment qui l'inspirait. Il avait sangloté violemment dans sa lutte avec l'esprit, et son visage était inondé de larmes.

« Ils ne sont pas arrachés, s'écria Scrooge embrassant un des rideaux de son lit, ils ne sont pas arrachés, ni les anneaux non plus. Ils sont ici, je suis ici ; les images des choses qui auraient pu se réaliser peuvent s'évanouir ; elles s'évanouiront, je le sais ! »

Cependant ses mains étaient occupées à brouiller ses vêtements ; il les mettait à l'envers, les retournait sens dessus dessous, le bas en haut et le haut en bas ; dans son trouble, il les déchirait, les laissait tomber à terre, les rendait enfin complices de toutes sortes d'extravagances.

« Je ne sais pas ce que je fais ! s'écria-t-il riant et pleurant à la fois, et se posant avec ses bas en copie parfaite du Laocoon antique et de ses serpents. Je suis léger comme une plume ; je suis heureux comme un ange, gai comme un écolier, étourdi comme un homme ivre. Un joyeux Noël à tout le monde ! une bonne, une heureuse année à tous ! Holà ! hé ! ho ! holà ! »

Il avait passé en gambadant de sa chambre dans son salon, et se trouvait là maintenant, tout hors d'haleine.

« Voilà bien la casserole où était l'eau de gruau ! s'écria-t-il en s'élançant de nouveau et recommençant ses cabrioles devant la cheminée. Voilà la porte par laquelle est entré le spectre de Marley ! voilà le coin où était assis l'esprit de Noël présent ! voilà la fenêtre où j'ai vu les âmes en peine : tout est à sa place, tout est vrai, tout est arrivé... Ah ! ah ! ah ! »

Réellement, pour un homme qui n'avait pas pratiqué depuis tant d'années, c'était un rire splendide, un des rires les plus magnifiques ; le père d'une longue, longue lignée de rires éclatants !

« Je ne sais quel jour du mois nous sommes aujourd'hui ! continua Scrooge. Je ne sais combien de temps je suis demeuré parmi les esprits. Je ne sais rien : je suis comme un petit enfant. Cela m'est bien égal. Je voudrais bien l'être, un petit enfant. Hé ! holà ! houp ! holà ! hé ! »

Il fut interrompu dans ses transports par les cloches des églises qui sonnaient le carillon le plus folichon qu'il eût jamais entendu.

Ding, din, dong, boum ! boum, ding, din, dong ! Boum ! boum ! boum ! dong ! ding, din dong ! boum !

« Oh ! superbe, superbe ! »

Courant à la fenêtre, il l'ouvrit et regarda dehors. Pas de brume, pas de brouillard ; un froid clair, éclatant, un de ces froids qui vous égayent et vous ravigotent ; un de ces froids qui sifflent à faire danser le sang dans vos veines ; un soleil d'or ; un ciel divin ; un air frais et agréable ; des cloches en gaieté. Oh ! superbe, superbe !

« Quel jour sommes-nous aujourd'hui ? cria Scrooge de sa fenêtre à un petit garçon endimanché, qui s'était arrêté peut-être pour le regarder.

— Hein ? répondit l'enfant ébahi.

— Quel jour sommes-nous aujourd'hui, mon beau petit garçon ? dit Scrooge.

— Aujourd'hui ! repartit l'enfant ; mais c'est le jour de Noël.

— Le jour de Noël ! se dit Scrooge. Je ne l'ai donc pas manqué ! Les esprits ont tout fait en une nuit. Ils peuvent faire tout ce qu'ils veulent ; qui en doute ? certainement qu'ils le peuvent. Holà ! hé ! mon beau petit garçon !

— Holà ! répondit l'enfant.

— Connais-tu la boutique du marchand de volailles, au coin de la seconde rue ?

— Je crois bien !

— Un enfant plein d'intelligence ! dit Scrooge. Un enfant remarquable ! Sais-tu si l'on a vendu la belle dinde qui était hier en montre ? pas la petite ; la grosse ?

— Ah ! celle qui est aussi grosse que moi ?

— Quel enfant délicieux ! dit Scrooge. Il y a plaisir à causer avec lui. Oui, mon chat !

— Elle y est encore, dit l'enfant.

— Vraiment ! continua Scrooge. Eh bien, va l'acheter !

— Farceur ! s'écria l'enfant.

— Non, dit Scrooge, je parle sérieusement. Va l'acheter et dis qu'on me l'apporte; je leur donnerai ici l'adresse où il faut la porter. Reviens avec le garçon et je te donnerai un schelling. Tiens! si tu reviens avec lui en moins de cinq minutes, je te donnerai un écu. »

L'enfant partit comme un trait. Il aurait fallu que l'archer eût une main bien ferme sur la détente pour lancer sa flèche moitié seulement aussi vite.

« Je l'enverrai chez Bob Cratchit, murmura Scrooge se frottant les mains et éclatant de rire. Il ne saura pas d'où cela lui vient. Elle est deux fois grosse comme Tiny Tim. Je suis sûr que Bob goûtera la plaisanterie; jamais Joe Miller n'en a fait une pareille. »

Il écrivit l'adresse d'une main qui n'était pas très ferme, mais il l'écrivit pourtant, tant bien que mal, et descendit ouvrir la porte de la rue pour recevoir le commis du marchand de volailles. Comme il restait là debout à l'attendre, le marteau frappa ses regards.

« Je l'aimerai toute ma vie! s'écria-t-il en le caressant de la main. Et moi, qui, jusqu'à présent, ne le regardais jamais, je crois. Quelle honnête expression dans sa figure! Ah! le bon, l'excellent marteau! Mais voici la dinde! Holà! hé! Houp, houp! comment allez-vous? Joyeux Noël! »

C'était une dinde, celle-là! Non, il n'est pas possible qu'il se soit jamais tenu sur ses jambes, ce volatile; il les aurait brisées en moins d'une minute, comme des bâtons de cire à cacheter. « Mais j'y pense, vous ne pourrez pas porter cela jusqu'à Camden-Town, mon ami, dit Scrooge; il faut prendre un cab. »

Le rire avec lequel il dit cela, le rire avec lequel il paya la dinde, le rire avec lequel il paya le cab, et le rire avec lequel il récompensa le petit garçon ne fut surpassé que par le fou rire avec lequel il se rassit dans son fauteuil, essoufflé, hors d'haleine, et il continua de rire jusqu'aux larmes.

Ce ne lui fut pas chose facile que de se raser, car sa main continuait à trembler beaucoup; et cette opération exige une grande attention, même quand vous ne dansez pas en vous faisant la barbe. Mais il se serait coupé le bout du nez, qu'il aurait mis tout tranquillement sur l'entaille un morceau de taffetas d'Angleterre sans rien perdre de sa bonne humeur.

Il s'habilla, mit tout ce qu'il avait de mieux, et, sa toilette faite, sortit pour se promener dans les rues. La foule s'y précipitait en ce moment, telle qu'il l'avait vue en compagnie du spectre de Noël présent. Marchant les mains croisées derrière le dos, Scrooge regardait tout le monde avec un sourire de satisfaction. Il avait l'air si parfaitement gracieux, en un mot, que trois ou quatre joyeux gaillards ne purent s'empêcher de l'interpeller. «Bonjour, monsieur! Un joyeux Noël, monsieur!» Et Scrooge affirma souvent plus tard que, de tous les sons agréables qu'il avait jamais entendus, ceux-là avaient été, sans contredit, les plus doux à son oreille.

Il n'avait pas fait beaucoup de chemin, lorsqu'il reconnut, se dirigeant de son côté, le monsieur à la tournure distinguée qui était venu le trouver la veille dans son comptoir, et lui disant: «Scrooge et Marley, je crois?» Il sentit une douleur poignante lui traverser le cœur à la pensée du regard qu'allait jeter sur lui le vieux monsieur au moment où ils se rencontreraient; mais il comprit aussitôt ce qu'il avait à faire, et prit bien vite son parti.

«Mon cher monsieur, dit-il en pressant le pas pour lui prendre les deux mains, comment vous portez-vous? J'espère que votre journée d'hier a été bonne. C'est une démarche qui vous fait honneur! Un joyeux Noël, monsieur!

— Monsieur Scrooge ?

— Oui, c'est mon nom ; je crains qu'il ne vous soit pas des plus agréables. Permettez que je vous fasse mes excuses. Voudriez-vous avoir la bonté... (Ici Scrooge lui murmura quelques mots à l'oreille.)

— Est-il Dieu possible ! s'écria ce dernier, comme suffoqué. Mon cher monsieur Scrooge, parlez-vous sérieusement ?

— S'il vous plaît, dit Scrooge ; pas un liard de moins. Je ne fais que solder l'arriéré, je vous assure. Me ferez-vous cette grâce ?

— Mon cher monsieur, reprit l'autre en lui secouant la main cordialement, je ne sais comment louer tant de munifi...

— Pas un mot, je vous prie, interrompit Scrooge. Venez me voir ; voulez-vous venir me voir ?

— Oui ! sans doute », s'écria le vieux monsieur. Evidemment, c'était son intention ; on ne pouvait s'y méprendre, à son air.

« Merci, dit Scrooge. Je vous suis infiniment reconnaissant, je vous remercie mille fois. Adieu ! »

Il entra à l'église ; il parcourut les rues, il examina les gens qui allaient et venaient en grande hâte, donna aux enfants de petites tapes caressantes sur la tête, interrogea les mendiants sur leurs besoins, laissa tomber des regards curieux dans les cuisines des maisons, les reporta ensuite aux fenêtres ; tout ce qu'il voyait lui faisait plaisir. Il ne s'était jamais imaginé qu'une promenade, que rien au monde pût lui donner tant de bonheur. L'après-midi, il dirigea ses pas du côté de la maison de son neveu.

Il passa et repassa une douzaine de fois devant la porte, avant d'avoir le courage de monter le perron et de frapper. Mais enfin il s'enhardit et laissa retomber le marteau.

«Votre maître est-il chez lui, ma chère enfant? dit Scrooge à la servante... Beau brin de fille, ma foi!
— Oui, monsieur.
— Où est-il, mignonne?
— Dans la salle à manger, Monsieur, avec Madame. Je vais vous conduire au salon, s'il vous plaît.
— Merci; il me connaît, reprit Scrooge, la main déjà posée sur le bouton de la porte de la salle à manger; je vais entrer ici, mon enfant.»

Il tourna le bouton tout doucement, et passa la tête de côté par la porte entrebâillée. Le jeune couple examinait alors la table (dressée comme pour un gala), car ces nouveaux mariés sont toujours excessivement pointilleux sur l'élégance du service: ils aiment à s'assurer que tout est comme il faut.

«Fred!» dit Scrooge.

Dieu du ciel! comme sa nièce par alliance tressaillit! Scrooge avait oublié, pour le moment, comment il l'avait vue assise dans son coin avec un tabouret sous les pieds, sans quoi il ne serait point entré de la sorte; il n'aurait pas osé.

«Dieu me pardonne! s'écria Fred, qui est donc là?
— C'est moi, votre oncle Scrooge; je viens dîner. Voulez-vous que j'entre, Fred?»

S'il voulait qu'il entrât! Peu s'en fallut qu'il ne lui disloquât le bras pour le faire entrer. Au bout de cinq minutes, Scrooge fut à son aise comme dans sa propre maison. Rien ne pouvait être plus cordial que la réception du neveu; la nièce imita son mari; Topper en fit autant, lorsqu'il arriva, et aussi la petite sœur rondelette, quand elle vint, et tous les autres convives, à mesure qu'ils entrèrent. Quelle admirable partie, quels admirables petits jeux, quelle admirable unanimité, quel ad-mi-ra-ble bonheur!

Mais le lendemain, Scrooge se rendit de bonne heure au comptoir, oh! de très bonne heure. S'il pouvait seulement y arriver le premier et surprendre Bob Cratchit en flagrant délit de retard ! C'était en ce moment sa préoccupation la plus chère.

Il y réussit ; oui, il eut ce plaisir ! L'horloge sonna neuf heures, point de Bob ; neuf heures un quart, point de Bob. Bob se trouva en retard de dix-huit minutes et demie. Scrooge était assis, la porte toute grande ouverte, afin qu'il le pût voir se glisser dans sa citerne.

Avant d'ouvrir la porte, Bob avait ôté son chapeau, puis son cache-nez : en un clin d'œil, il fut installé sur son tabouret et se mit à faire courir sa plume, comme pour essayer de rattraper neuf heures.

« Holà ! grommela Scrooge imitant le mieux qu'il pouvait son ton d'autrefois ; qu'est-ce que cela veut dire de venir si tard ?

— Je suis bien fâché, monsieur, dit Bob. Je suis en retard.

— En retard ! reprit Scrooge. En effet, il me semble que vous êtes en retard. Venez un peu par ici, s'il vous plaît.

— Ce n'est qu'une fois tous les ans, monsieur, fit Bob timidement en sortant de sa citerne ; cela ne m'arrivera plus. Je me suis un peu amusé hier, monsieur.

— Fort bien ; mais je vous dirai, mon ami, ajouta Scrooge, que je ne puis laisser plus longtemps aller les choses comme cela. Par conséquent, poursuivit-il, en sautant à bas de son tabouret et en portant à Bob une telle botte dans le flanc qu'il le fit trébucher jusque dans sa citerne ; par conséquent, je vais augmenter vos appointements ! »

Bob trembla et se rapprocha de la règle de son bureau. Il eut un moment la pensée d'en assener un coup à Scrooge, de le saisir au collet et d'appeler à l'aide les gens qui passaient dans la ruelle pour lui faire mettre la camisole de force.

«Un joyeux Noël, Bob! dit Scrooge avec un air trop sérieux pour qu'on pût s'y méprendre et en lui frappant amicalement sur l'épaule. Un plus joyeux Noël, Bob, mon brave garçon, que je ne vous l'ai souhaité depuis de longues années! Je vais augmenter vos appointements et je m'efforcerai de venir en aide à votre laborieuse famille; ensuite cette après-midi nous discuterons nos affaires sur un bol de Noël rempli d'un bischoff fumant, Bob! Allumez les deux feux; mais avant de mettre un point sur un *i*, Bob Cratchit, allez vite acheter un seau neuf pour le charbon.»

Scrooge fit encore plus qu'il n'avait promis; non seulement il tint sa parole, mais il fit mieux, beaucoup mieux.

Quant à Tiny Tim, qui ne mourut pas, Scrooge fut pour lui un second père.

Il devint un aussi bon ami, un aussi bon maître, un aussi bon homme que le bourgeois de la bonne vieille Cité, ou de toute autre bonne vieille cité, ville ou bourg, dans le bon vieux monde. Quelques personnes rirent de son changement; mais il les laissa rire et ne s'en soucia guère; car il en savait assez pour ne pas ignorer que, sur notre globe, il n'est jamais rien arrivé de bon qui n'ait eu la chance de commencer par faire rire certaines gens. Puisqu'il faut que ces gens-là soient aveugles, il pensait qu'après tout, il vaut tout autant que leur maladie se manifeste par les grimaces, qui leur rident les yeux à force de rire, au lieu de se produire sous une forme moins attrayante. Il riait lui-même au fond du cœur; c'était toute sa vengeance.

Il n'eut plus de commerce avec les esprits; mais il en eut beaucoup plus avec les hommes, cultivant ses amis et sa famille tout le long de l'année pour bien se préparer à fêter Noël, et personne ne s'y entendait mieux que lui : tout le monde lui rendait cette justice.

Puisse-t-on en dire autant de vous, de moi, de nous tous, et alors comme disait Tiny Tim :

« Que Dieu nous bénisse, tous tant que nous sommes ! »

EXTRAIT DU CATALOGUE LIBRIO
CLASSIQUES

Affaire Dreyfus (L')
J'accuse et autres documents - n°201

Alphonse Allais
L'affaire Blaireau - n°43
A l'œil - n°50

Honoré de Balzac
Le colonel Chabert - n°28
Melmoth réconcilié - n°168
Ferragus, chef des Dévorants - n°226

Jules Barbey d'Aurevilly
Le bonheur dans le crime - n°196

Charles Baudelaire
Les Fleurs du Mal - n°48
Le Spleen de Paris - n°179
Les paradis artificiels - n°212

Beaumarchais
Le barbier de Séville - n°139

Bernardin de Saint-Pierre
Paul et Virginie - n°65

Pedro Calderón de la Barca
La vie est un songe - n°130

Giacomo Casanova
Plaisirs de bouche - n°220

Corneille
Le Cid - n°21

Alphonse Daudet
Lettres de mon moulin - n°12
Sapho - n°86
Tartarin de Tarascon - n°164

Charles Dickens
Un chant de Noël - n°146

Denis Diderot
Le neveu de Rameau - n°61

Fiodor Dostoïevski
L'éternel mari - n°112
Le joueur - n°155

Gustave Flaubert
Trois contes - n°45
Dictionnaire des idées reçues - n°175

Anatole France
Le livre de mon ami - n°121

Théophile Gautier
Le roman de la momie - n°81

Genèse (La) - n°90

Goethe
Faust - n°82

Nicolas Gogol
Le journal d'un fou - n°120

Victor Hugo
Le dernier jour d'un condamné - n°70

Henry James
Une vie à Londres - n°159
Le tour d'écrou - n°200

Franz Kafka
La métamorphose - n°3

Madame de La Fayette
La Princesse de Clèves - n°57

Jean de La Fontaine
Le lièvre et la tortue et autres fables - n°131

Alphonse de Lamartine
Graziella - n°143

Gaston Leroux
Le fauteuil hanté - n°126

Longus
Daphnis et Chloé - n°49

Pierre Louÿs
La Femme et le Pantin - n°40

Nicolas Machiavel
Le Prince - n°163

Stéphane Mallarmé
Poésie - n°135

Guy de Maupassant
Le Horla - n°1
Boule de Suif - n°27
Une partie de campagne - n°29
La maison Tellier - n°44
Une vie - n°109
Pierre et Jean - n°151
La petite Roque - n°217

Karl Marx, Friedrich Engels
Manifeste du parti communiste - n°210

Prosper Mérimée
Carmen - n°13
Mateo Falcone - n°98
Colomba - n°167

Les Mille et Une Nuits
Histoire de Sindbad
le Marin - n°147
Aladdin ou la lampe merveilleuse - n°191

Molière
Dom Juan - n°14
Les fourberies de Scapin - n°181
Alfred de Musset
Les caprices de Marianne - n°39
Gérard de Nerval
Aurélia - n°23
Ovide
L'art d'aimer - n°11
Charles Perrault
Contes de ma mère l'Oye - n°32
Platon
Le banquet - n°76
Edgar Allan Poe
Double assassinat dans la rue Morgue - n°26
Le scarabée d'or - n°93
Le chat noir - n°213
Alexandre Pouchkine
La fille du capitaine - n°24
La dame de pique - n°74
Abbé Prévost
Manon Lescaut - n°94
Raymond Radiguet
Le diable au corps - n°8
Le bal du comte d'Orgel - n°156
Jules Renard
Poil de Carotte - n°25
Histoires naturelles - n°134
Arthur Rimbaud
Le bateau ivre - n°18
Edmond Rostand
Cyrano de Bergerac - n°116
Marquis de Sade
Le président mystifié - n°97
Les infortunes de la vertu - n°172
George Sand
La mare au diable - n°78
La petite Fadette - n°205

William Shakespeare
Roméo et Juliette - n°9
Hamlet - n°54
Othello - n°108
Macbeth - n°178
Sophocle
Œdipe roi - n°30
Stendhal
L'abbesse de Castro - n°117
Le coffre et le revenant - n°221
Robert Louis Stevenson
Olalla des Montagnes - n°73
Le cas étrange du
Dr Jekyll et de M. Hyde - n°113
Anton Tchekhov
La dame au petit chien - n°142
La salle n°6 - n°189
Léon Tolstoï
Hadji Mourad - n°85
Ivan Tourgueniev
Premier amour - n°17
Mark Twain
Trois mille ans chez les microbes - n°176
Vâtsyâyana
Kâma Sûtra - n°152
Paul Verlaine
Poèmes saturniens *suivi de*
Fêtes galantes - n°62
Romances sans paroles - n°187
Jules Verne
Les cinq cents millions de la Bégum - n°52
Les forceurs de blocus - n°66
Le château des Carpathes - n°171
Les Indes noires - n°227
Voltaire
Candide - n°31
Zadig ou la Destinée - n°77
L'ingénu - n°180
Emile Zola
La mort d'Olivier Bécaille - n°42
Naïs - n°127

POLICIERS

John Buchan
Les 39 marches - n°96

Leslie Charteris
Le Saint
- Le Saint entre en scène - n°141
- Le policier fantôme - n°158
- En petites coupures - n°174
- Impôt sur le crime - n°195
- Par ici la monnaie ! - n°231 (*juillet 98*)

Arthur Conan Doyle
Sherlock Holmes
- La bande mouchetée - n°5
- Le rituel des Musgrave - n°34
- La cycliste solitaire - n°51
- Une étude en rouge - n°69
- Les six Napoléons - n°84
- Le chien des Baskerville - n°119
- Un scandale en Bohême - n°138
- Le signe des Quatre - n°162
- Le diadème de Béryls - n°202
- Le problème final - n°229 (*juillet 98*)

Ellery Queen
Le char de Phaéton - n°16
La course au trésor - n°80
La mort de Don Juan - n°228 (*juillet 98*)

Jean Ray
Harry Dickson
- Le châtiment des Foyle - n°38
- Les étoiles de la mort - n°56
- Le fauteuil 27 - n°72
- La terrible nuit du zoo - n°89
- Le temple de fer - n°115
- Le lit du diable - n°133
- L'étrange lueur verte - n°154
- La bande de l'Araignée - n°170
- Les Illustres Fils du Zodiaque - n°190
- L'île de la terreur - n°230 (*juillet 98*)

LIBRIO NOIR

Didier Daeninckx
Main courante - n°161
Le Poulpe/Nazis dans le métro - n°222

Jean-Claude Izzo
Vivre fatigue - n°208

Thierry Jonquet
Le pauvre nouveau est arrivé ! - n°223

Daniel Picouly
Tête de nègre - n°209

Jean-Bernard Pouy
Le Poulpe/La petite écuyère a cafté - n°206

Patrick Raynal
Le Poulpe/Arrêtez le carrelage - n°207

FANTASTIQUE - S.-F.

Isaac Asimov
La pierre parlante - n°129

Ray Bradbury
Celui qui attend - n°59

Jacques Cazotte
Le diable amoureux - n°20

Cent ans de Dracula (Les)
8 histoires de vampires - n°160

Arthur C. Clarke
Les neuf milliards de noms de Dieu - n°145

Contes fantastiques de Noël
Anthologie - n°197

Philip K. Dick
Les braconniers du cosmos - n°211

Dimension fantastique (La)
13 nouvelles fantastiques - n°150

Alexandre Dumas
La femme au collier
de velours - n°58

Erckmann-Chatrian
Hugues-le-Loup - n°192

Claude Farrère
La maison des hommes vivants - n°92

Stephen King
Le singe - n°4
La ballade de la balle élastique - n°46
La ligne verte
- Deux petites filles mortes - n°100
- Mister Jingles - n°101
- Les mains de Caffey - n°102
- La mort affreuse d'Edouard Delacroix -
n°103
- L'équipée nocturne - n°104
- Caffey sur la ligne - n°105
Danse macabre - 1 - n°193
Danse macabre - 2 - n°214

William Gibson
Fragments de rose en hologramme - n° 215

Howard P. Lovecraft
Les Autres Dieux - n°68
La quête onirique de Kadath l'inconnue -
n°188

Arthur Machen
Le grand dieu Pan - n°64

Bram Stoker
L'enterrement des rats - n°125

Achevé d'imprimer en Europe
à Pössneck (Thuringe, Allemagne)
en janvier 1999 pour le compte de EJL
84, rue de Grenelle 75007 Paris
Dépôt légal janvier 1999
1er dépôt légal dans la collection : nov. 1996

Diffusion France et étranger : Flammarion